슬플 땐
둘이서
양산을

슬플 땐
둘이서
양산을

/

김비 박조건형 지음

/

한겨레출판

혼인신고를
했습니다

혼인신고를 했다. 만난 지 7주년이 되던 날이었다. 이미 짝지와 같이 살고 있었기에 생활에 큰 변화는 없었지만, 이제 우리도 법적으로 부부가 된 것이다. 번잡스러움이 싫어서 결혼식은 할 계획이 없었다. 우리가 혼인신고라는 제도권 진입을 선택한 건 단순하고 일상적인 이유에서였다.

회사 동료가 신혼여행을 다녀오는 걸 보니, 내겐 그 기회가 없다는 게 왠지 억울하게 느껴졌다. 그리 크지 않은 중소기업이라 휴일 자체가 많지도 않고, 막상 여름휴가에 맞춰 여행을 가려고 해도 휴가 기간이 길지 않을뿐더러 직원들이 교대로 쉬어야 하기에 휴가 날짜도 몇 주 전에야 알려주었다. 사무실 경리 과장님께 혼인신고만 해도 신혼여행을 갈 수 있는지 여쭤보았다. 결혼식만 올리지 않았을 뿐, 혼인신고를 한다는 것은 부부가 됨을 선언하는 것이니 신혼여행을 위한 휴가 사용이 가능하다고 하셨다. 육체적으로 일이 힘든 회사라 언제 퇴사할지 몰랐는데…… 어쩌면 퇴사 전, 일주일간의 휴가를 얻고 싶은 마음에 혼인신고를 서둘렀는지도 모르겠다.

2016년 11월 29일, 회사에서 두 시간 정도 일찍 나와 짝지와 함께 시청에 갔다. 이미 이전에 한번 들러 설명을 들었고 혼인신고서까지 챙겨왔던 터라, 기록할 수 있는 부분은 모두 적어 채웠고 증인 두 명의 주민등록번호와 주소지까지 모두 받아두었다. 집에서 아무리 찾아봐도 도장이 안 보여 걱정했는데, 두 사람이 같이 갔을 때는 사인만으로도 가능하다고 했다. 그 외 모르는 부분은 담당자 분이 찾아주셔서 빠르게 신청을 마칠 수 있었다. 우리가 법적으로 부부가 되는 데는 15분이 걸렸다. 3일 후에는 가족관계증명서에 부부로 등록된다고 한다. 생각보다 혼인 절차는 간단했다.

짝지는 혼인신고를 해서 뭔가 달라진 거 같다고 하는데, 나는 잘 모르겠다. 우울증과 무기력증을 자주 겪는지라 그저 짝지에게 미안하고 고맙기만 하다.

이 책《슬플 땐 둘이서 양산을》은 혼인신고 전과 후의 이야기가 담겨 있다. 나의 짝지 김비와 나 박조건형의 어제와 오늘 그리고 내일(?)을 담은 책이자 사랑과 결혼을

중심으로 함께 사는 모습들을 솔직하게 써 내려간 기록
이다.

　부디 독자 여러분들이 이 책을 재미있게, 아니 따뜻하
게 읽으셨으면 좋겠다.

그녀의 짝지, 박조건형

차례

3부 비로소 여기 이곳에

1부

나는 짝지
편이다

첫 만남

사랑 쪽으로

그의 이름은 네 글자였다. 당연히 '남궁'이나 '선우' 같은 '복성複姓'이겠거니 생각하다가도 박조? 이런 성이 있나, 하는 생각이 들었다. 내 홈페이지에 내 책에 대한 리뷰를 남겼던 그 이름은 그렇게 호기심으로 먼저 다가왔다.

서울에 올라왔는데, 약속이 취소됐네요.

시간 괜찮으시면 내일 영화나 같이 보실래요?

읽는 사람도 별로 없는 게시판에 어느 날 그가 글을 남겼다. 나는 가만히 그 두 문장을 읽고 또 읽었다. 그때 나는 용인에 살고 있었고 그의 집은 양산이었으니, 정말 우리가 만나게 되리라곤 생각지도 못했다. 만나야 하나 대충 거절을 해야 하나 망설이다가, 어쨌든 나도 내일 서울에 약속이 있었으나 취소된 터였다. 그때 나는 간단히 영화를 보고 밥을 같이 먹겠구나 생각했다. 저녁에 부산으로 가는 표를 예매했다고 했으니, 술 한잔까지 기대하지는 않았다. "반가웠어요, 안녕히 가세요." 그 두 마디면 그와 나의 관계는 끝나는 건 줄 알았다.

　가을이 익다 못해 서걱거리기 시작하던 즈음, 나는 주머니도 없는 조금 도톰한 재킷 하나를 걸치고 나갔다. 낮에 만나 낮에 헤어질 테니 그 정도면 충분하다고 생각했다. 비가 내리기는 했지만, 저녁 늦게까지 돌아다닐 일은 없으니 오히려 가벼운 차림이 적절한 듯했다.
　광화문 교보문고에서 처음 그를 보았다. 낡은 털모자가 먼저 눈에 들어왔다. 블로그에서 사진을 보아 그가 민머리인 건 알고 있었는데, 솔기가 풀어진 비니까지 머리에 쓰고 있으니 나는 동자승 앞에 선 기분이었다.

　우린 그날 영화를 봤고 차를 마셨고 예상했던 것처럼 어두워지기 전에 헤어졌다. '사랑'이라는 조금 더 보드럽고 말랑한 시선으로 기록하자면, 페드로 알모도바르Pedro Almodóvar 감독의 〈브로큰 임브레이스Los abrazos rotos〉라는 영화를 봤고, 차를 마시며 서로의 손 크기를 쟀으며, 그는 자신에 관해 이야기하다가 처음 보는 내 앞에서 울먹거렸다. 버스를 타러 가는 길에 그는 차가워진 내 손을 잡아 자신의 주머니에 넣어주었다. 그날은 생각보다 조금 추웠고, 생전 처음 보는 그렇게 커다란 손의 감촉도 그리 나쁘지 않았다. 그 손에 꼼짝없이 붙들린 채 전해지는 온기가 나름 괜찮았다.

그렇게 헤어지고 난 뒤 그날 밤, 그가 나에게 전화를 했나, 문자를 보냈나? 아무 말이 없었나? 잘 기억이 나진 않는다. 다만 나보다 더 큰 손을 지닌 누군가를 만났다는 사실에, 투박하고 힘센 그 손이 전해준 온기에 나는 오래도록 뒤척이다가 잠이 들었다. 꿈은 꾸지 않았던 것 같은데, 좋은 꿈을 꾸었던 날보다 훨씬 더 기분 좋게 잤다.

사랑이란 이름으로, 신랑과 삶을 나눈 지 이제 11년째가 됐다. 사랑이 처음 같지 않고, 그 마음이 탁하고 흐릿해지긴 했지만, 나는 안다. 진심이었던 그의 사랑이 얼마나 많은 고민과 결심 끝에 나에게 도착했는지. 만남, 사랑, 축복. 그 모든 과정이 자연스러울 수 있는 사람을 놔두고, 하필 나를 선택한 그의 사랑이 얼마나 귀하고 귀한

지. 나는 안다, 알 수밖에 없다.

　가장 어둡고 깊은 곳에 내몰린 나라는 사람 쪽으로 다
가온 그 사람의 사랑을. 김비

자연스럽게 다가온 사랑

'김비'라는 이름을 알게 된 것은 《다르게 사는 사람들》이라는 책 속에서였다. 여러 소수자들의 삶을 풀어놓고 있는 그 책에서 짝지는 자신이 살아온 이야기를 담담하게 전했던 걸로 기억한다. 아마 그 당시에는 트랜스젠더라는 이름조차 낯설게 다가왔던 것 같다.

낯섦에서 오는 호기심 때문이었을까? 나는 책에 적힌 그녀의 홈페이지에 들어가보았다. 홈페이지에는 그녀가 찍은 사진과 그녀의 지인들, 그녀 본인 사진도 중간중간에 있었다. 게시된 사진들을 하나씩 살펴보고 자유게시판에 있던 글들도 역순으로 하나하나 읽었다. 댓글도 남겼다. 그녀가 어떤 굴곡과 고민들을 안고 삶을 지나왔는지 더 알고 싶어서였다.

우울증을 자주 겪으며 살아온 나는 성공 스토리의 책보다는 남들과 다르지만 자기 나름대로 삶을 일구며 살아가고 있는 사람들의 이야기에 관심이 낳았다. 그들의 삶에서 나름의 위로를 받기도 하고 힘을 얻기도 했다. 김비라는 사람의 이야기도 나에겐 그렇게 다가왔다. 그녀에 대해 더 알고 싶은 마음에 김비라는 이름으로 나온 예전 책들을 모두 구해서 읽었다. 절판된 책은 중고로 구매해서 읽었다. 특별한 삶을 살아온 어느 작가에 대한 응원의 마음과 팬심으로 그녀의 책에 대한 후기를 열심히 적어 그녀의 홈페이지에 올렸다.

그녀도 나도 영화를 좋아했다. 그땐 내가 본 영화들의 후기를 블로그에 올리고 있었고 그중 성소수자에 관한 좋은 영화가 있으면 그녀의 홈페이지에도 함께 올리곤 했다. 누구보다 치열하게 살아가고 있는 작가님으로서 그녀를 존경하고 좋아했다.

그러던 어느 날 그녀가 내게 서로 영화를 좋아하니까 언제 한번 같이 영화를 보자는 글을 남겼다. 나는 그저 으레 예의상 하는 말이려니 생각했다. 그런데 한참 지나서 또 그런 이야기를 하기에 연락처라도 알아두자는 생각이 들었고, 정말로 그녀의 전화번호를 저장'만' 해두었다. 번호를 받고도 연락을 하지 않았던 이유는 그녀가 나보다 여섯 살 연상이었고, 작가이기도 하고, 용인과 양산이라는 거리 차이도 있기 때문에 따로 만날 일이 있겠냐는 생각에서였다.

그렇게 1년 반이 지났다. 독서 동호회 정기 모임 때문에 1박 2일로 서울에 가기로 했다. 모임에 참여를 하고 둘째 날엔 모임 친구랑 같이 시간을 보내기로 했다. 그런데 약속한 친구가 갑자기 일이 생겨서 만나기가 어려울 거 같다며 연락이 왔다. 부산행 표는 KTX 동반석으로 끊어 놓은 터라 환불도 어려웠다. 다른 일정이 없었던 나는 혹시나 하는 마음에 김비 작가님에게 문자를 남겨보았다. 곧바로 답장이 왔다. 그녀도 일요일에 친구랑 출사를 가기로 한 약속이 취소되었다며 만나자고 했다.

그렇게 우리는 광화문 교보문고에서 처음 만났다. 그녀는 예뻤고, 1년 반 동안 홈페이지를 통해 글을 주고받은 사이라 그런지 말도 잘 통했다. 호감이 갔다. 그녀와 헤어지고 집으로 가는 KTX 안에서 계속 그녀 생각을 했다. 더 이야기를 나누고 싶었지만 아쉬움을 남긴 채 떠나야 했고, 일주일 뒤에 그녀가 양산으로 왔다.

사귀자는 고백도 없었지만, 서로 호감을 느낀다고 확신했기에 그날의 첫 만남이 우리의 1일이 되었다.

가끔 그런 생각을 한다. 만약 그날 각자의 약속이 취소되지 않았다면, 서울에서의 첫 만남이 없었다면, 우리는 여전히 작가와 팬으로 지내고 있었을까? 박조건형

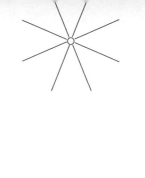

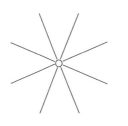

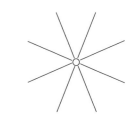

사랑으로
배운 것

그와 처음 싸웠던 때는 사귄 지 6개월 정도 되었을 즈음이었다. 서로 밤마다 전화를 기다리고, 휴대전화에서 열이 올라 볼이 시뻘겋게 되는데도 몇 시간씩 전화를 붙들고 하하 호호거리는 일이 자연스러울 때였다.

당연히 그땐 홀딱 빠진 그 사람 하나만 보일 뿐, 그에게 어떤 과거가 있는지, 그 사람이 어떤 가족의 일원이었는지 알 필요조차 없던 때였다. 나 역시 복잡한 나의 가족 이야기를 그에게 하지 않았고, 그의 가족 이야기를 아직은 듣지 않아도 된다고 생각했다. 그러던 어느 날, 일은 갑자기 터졌다. 언제나 그렇듯 나는 나를 짓누르는 고민이 너무도 깊어 누군가에게 털어놓고 싶었고, 가장 소중한 사람인 그에게 조금이라도 위로를 받고 싶었다. 지금 생각해보면, 투정 부리는 귀여운 여자친구 흉내를 좀 내려던 것 같기도 하다.

끌어안지도 버리지도 못하는 내 가족 이야기에, 그는 너무도 차갑게 "버려라"고 대답했다. 그가 나에게 이렇게 차갑게 대한 건 처음이었다. 언제나 어쩜 이렇게 다정하고 부드러운 사람이 나에게 왔을까, 하늘에 감사라도 드

리고 싶었는데……. 그의 너무도 차가운 단언에 나는 그
만 말을 잃고 말았다. 내가 잘못 들은 건 아닌가, 조심스
레 다시 한번 물었는데, 그는 더 차가운 목소리로 "버리
라"고 반복했다. 그깟 가족이 뭐길래, 가족 때문에 그렇게
절절매는지 이해하지 못하겠다고 덧붙였다. 얼음으로 된
망치가 내 정수리를 '퍽!' 내리쳤다.

나는 그 순간 더듬거리다가, 일단 "알겠다"고 대충 둘
러대고는 전화를 끊었다. 그리고 고민하기를 며칠이었을
까. 가족 이야기에 이렇게 차가워지는 사람이라니…….
내가 이 사람과 어떤 미래를 꿈꿀 수 있을까……. 생각하
면 할수록 까마득해지기만 했다.

결국 나는 그에게 시간을 갖자고 말했다. 그는 그게 무
슨 뜻인지 모르겠다며 헤어지자는 거냐고 했다. 잠시 고
민을 하다가, 망설이는 목소리로 "지금은 그쪽에 가깝다"
고 했다. 그는 다급한 목소리로 "일단 만나서 이야기하
자"고 했고, 나는 "보고 싶지 않다"고 했다. 그는 얼굴도
안 보고 이럴 수는 없다고, 전화를 하고, 메일을 보내고,

화도 내고, 애원도 했다. 하지만 한번 결정하면 뒤돌아보지 않는 몹쓸 성격의 나는 헤어진다는 다짐 앞에서 한 발짝도 물러나지 않았다. 그는 나의 용인 집까지 찾아와 문을 두드렸지만, 나는 결코 열어주지 않았다. 내가 살던 원룸 단지 바깥에서 겨우 얼굴을 보여주면서도, 나는 끝난 것을 받아들이라고 그를 종용했다. 나중에 들은 이야기지만 그날 신랑은 밤늦게까지 내 집 앞을 서성이다가 근처 모텔에서 잠을 자고서, 아침에 고속버스를 타고 돌아갔다고 한다.

요즘도 신랑은 그날의 내 얼굴 표정을 묘사한다. 그러곤 혀를 내두르며 말한다. 그렇게 차가운 얼굴은 처음 보았다고, 어떻게 그렇게 얼굴이 달라질 수 있냐고. 무서운 인간이라고 아직도 나에게 손가락질하는 신랑을 보며 웃음이 새어 나온다.

그때의 나는 아마 사랑에 관한 비관으로 똘똘 뭉친, 너무 허약한 사람이었는지도 모른다. 제대로 된 사랑을 한번도 해본 적이 없어, 섣불리 나에게 진짜 사랑이 왔을 리 없다고 결론지어버리고선 애원하는 그를 밀어냈다.

그는 한 달 넘게 계속 전화를 하고, 메일을 보내고, 내 홈페이지에 글을 남기면서, 우리의 헤어짐이 부당하고, 또 자신의 사랑이 진심임을, 우리의 사랑이 계속 이어져야 함을 애원하고 또 애원했다. 그렇게 한 달이 지나고 나니, 내가 뭐라고 이토록 괜찮은 사람을 고생시키고 있나, 그런 생각이 들었다. 어차피 우린 결혼도 하지 못할 테고, 그 역시 다른 남자들처럼 호기심이 시들해지면 돌아설 사람이라고 믿어버리니 오히려 훨씬 더 가벼운 마음으로 우리의 연애를 마주 볼 수 있었다.

뭐든 혼자 결정하고 혼자 살아왔던 나였는데, 처음으로 나는 그 사람 앞에 허물어졌고, 마음껏 사랑하기 위해 그를 끌어안았다.

돌아보면 모든 사랑에는 각자의 영화가 있고, 소설이 있다. 모두가 해피 엔딩은 아니겠지만, 나는 그 모든 러브 스토리에는 간단히 기록할 수 없는 시간의 가치가 있다고 믿는다.

　사랑이든 이별이든 그때로 돌아가고 싶어도 돌아갈 수 없다. 그때 그 이름의 사랑은 언제나 하나뿐이다. 이제 나는 되도록 감정이나 논리를 앞세워 사랑을 낭비하지 않으려 한다. 사랑에는 무엇으로도 훼손되지 말아야 하는 끝까지 아껴둔 자리가 있어야 한다는 것을. 그의 사랑으로부터 내가 배운 것들이다. 김비

우리에게도
엄마와 식사할 수 있는 날이
오지 않을까

우리는 장거리 연애로 시작했다. 연애에 변화가 생긴 건 만 2년이 지난 뒤, 짝지가 양산에 내려와서 원룸을 얻으면서부터였다.

나는 엄마 집과 짝지 집을 오가며 생활했고 그녀를 만난 지 만 5년째 되던 해, 이 사람과는 같이 살아봐도 되겠다는 생각이 들었다. 우울증 때문에 미래를 두려워했던 나에게 결혼은 전혀 상관없는 단어라 생각했다. 그런 내가 누군가와 함께 살아보고 싶은 마음을 가지게 되다니. 스스로도 꽤 놀라운 일이었다.

짝지 집을 오갈 때까지 엄마는 그녀가 트랜스젠더 여성이라는 것을 알지 못했다. 엄마는 내가 누굴 만나는지 따로 묻지 않았고, 나 또한 굳이 설명할 이유가 없었다. 그녀는 너무나 고마운 사람이고, 나랑 잘 맞는 사람이었다. 나에게 중요한 것은 이뿐이었다.

그런데 내가 집을 나오기로 마음먹은 이상 엄마도 최소한 자기 아들이 누구와 사는지는 알아야 된다고 생각했다. 엄마와 이야기를 나누기 전 스스로에게 다짐한 건 딱 하나였다. 100퍼센트 짝지 편이 되겠다는 것. 만약 엄마와 짝지 사이에 갈등이 발생한다면 나는 중재하지 않고 무조건 짝지 편을 들어주리라 정했다.

엄마에게 짝지가 어떤 정체성을 지닌 여성인지 천천히 설명했다. 그 사실만이 조금 다를 뿐, 나에게는 그녀가 더없이 좋은 사람이라는 점을 강조했다. 그건 사실이기도 했다. 나는 5년 전부터 결혼을 하지 않을 것이라고 선포했었다. 다만 엄마는 그 사실을 받아들이지 못한 채 친구와 지인의 결혼식이나 돌잔치에 다녀오면 기운이 빠져 방으로 들어가곤 하셨다.

사람들 대부분이 한다는 이유로 자신 없는 결혼을 감행하는 것은 무모하고 불행을 자초하는 길이라 생각했다. 누군가를 책임져야 하는 것에도 자신이 없었고, 좋은 부모가 될 자신 또한 없었기 때문에 그동안 비혼주의자로 살아왔다. 그랬던 내가 누군가와 같이 살아볼 마음이 든 건 이번이 처음이며, 우울증을 자주 겪는 내게 그녀는 정말 큰 힘이 되는 존재임을 설명했다.

생각해보면 엄마도 당황하고 황당했을 것이다. 어느
날 아들이 독립하겠다고 하는데 같이 살 사람이 트랜스
젠더 여성이라니. 그러나 나에게 그 사실은 별로 특별하
지 않았다. 우리는 너무나 자연스럽고 평범한 인연이었
다. 같이 살아보고 싶다는 생각이 들 정도로 그녀는 내게
너무나 멋지고 괜찮은 파트너였다. 그런 짝지를 못마땅
하게 생각하시니 나도 엄마에게 섭섭하다고 말씀드렸다.

부모님은 행복한 부부 생활을 보여주시지 못했다. 그
런 이유에서인지 아들의 연애 상대가 못마땅했지만, 엄
마는 강하게 반대하지도 않으셨다. 아마 엄마의 반대가
심했더라도 서운하지만 '어쩔 수 없구나' 생각하고 집을
나왔을 것이다.

그녀와 나는 이제 부부가 됐고 나는 여전히 짝지와 잘
지내고 있다. 그런 모습을 본 엄마는 조금씩 마음을 열고
계시지만, 아직까지도 짝지와 만나는 일은 꺼려하신다.

며칠 전에 엄마 집에 들렀더니 "네 짝지를 싫어해서가 아니라 내가 너희들에게 못한 만큼 손주가 생기면 더 잘 해주려고 했던 나만의 기대가 깨진 것에 대한 아쉬움 때문이다"라며 해명하듯 말씀하셨다. 엄마도 마음이 쓰이셨나 보다.

엄마에게 짝지와 함께 만든 책《별것도 아닌데 예뻐서》를 전해드린 적이 있었다. 이후 문자가 왔다. 내용은 이랬다.

너희 둘이 알콩달콩 잘 지내는 모습이 참 보기 좋다

(감동ㅠㅠ) 그리고 언제부턴가 짝지의 생일을 물어보시더니 같이 맛있는 거 사 먹으라며 10만 원씩 입금도 해주신다. 그녀의 생일을 기억해주시는 것만으로도 감사하다.

엄마가 언제 짝지를 만나주실지는 알 수 없다. 강요할 수도 없고 만나지 않으셔도 괜찮다. 그저 서로에게 불편하지 않는 선에서 지내면 된다. 내가 생각하는 효도는 짝지랑 재미나게, 건강하게, 신나게, 잘 사는 것이다. 그 모습을 계속해서 들으시면, 나중에 우리 부부와 함께 식사할 날이 오지 않을까. 박조건형

같이 삽시다

"같이 삽시다."

2015년 봄, 그는 어느 날 '가족 세우기'라는 상담 프로 그램에 참여하고 와서는 이렇게 말했다. 당시의 나는 온 전히 누군가를 믿고 의지하는 사람이 아니었다. 그의 집 근처에 거처를 마련해 살면서도 그와 헤어지게 되면 언 제든 또 다른 곳으로 이사를 해야겠다고 생각하고 있었 다. 그와의 관계에 문제는 없었지만, 같이 살거나 결혼을 상상하지는 않았다. 그런 일들은 나에겐 참으로 비현실 적인 이야기였고, 꿈에서도 이루어지지 않을 꿈이라고만 생각했다. 그런데 그는 상담 프로그램에서 선생님에게 지금 엄마와 여자친구 사이에 심리적으로 양다리를 걸치 고 있는 것이 아니냐는 이야기를 들었다고 했다. 그리고 나와 같이 살아야겠다는 마음이 들었다고 말했다.

그때의 내 심정은 굉장히 좋지도 그렇다고 섭섭하지도 않았다. 같이 살더라도 몇 년이나 가겠어? 결혼을 할 것 도 아니고. 그런 회의적인 감정이 더 컸는지도 모른다. 그 런데도 같이 살기로 결정한 건 혼자보단 둘이 낫고, 우린 서로를 잘 알고 있으며, 그는 나와 제법 잘 맞는 순한 사람이기 때문이었다. 물론 같이 살면서도 결혼을 하게 되리라곤 정말 꿈에도 생각하지 않았다.

그가 집을 나오면서 함께 살고 있던 어머니와 여동생에게 내 책《네 머리에 꽃을 달아라》를 건네주고는 자신이 만나고 있는 사람은 평범한 여성이 아님을 밝혔다고 했다. 그때 나는 조만간 한바탕 아침드라마 같은(!) 일이 벌어지겠구나 싶었다. 하지만 두렵지는 않았다. 또 한 발 물러나면 될 테니까. 지금까지 나는 그렇게 살아왔다.

다행히 그의 어머니에게서 연락이 오지도, 그의 여동생이 내 집 문을 두드리지도 않았다. 나에 관한 모든 신상은 이미 포털사이트의 엄청난 데이터 안에 공개되어 있으니, 아마도 어느 정도는 나에 관해 알고 계시리라. 어쩌면 두 분도 우리의 관계가 설마 여기까지 오게 되리라 예상하지 못하셨는지도 모르겠다. 어쩌면 나는 지금 상상하기도 힘든, 두 분의 엄청난 고민과 탄식의 달콤한 열매를 혼자만 누리고 있는 건지도.

그와의 동거 생활은 그렇게 힘들지 않았다. 이미 연애할 때부터 그는 며칠씩 내 집에 머물렀고, 우리는 서로의 생활 방식에 익숙해져 있었다. 그는 가부장적인 사람이 아니었고, 나도 건드리지만 않으면(?) 괴물로 변하지 않으니, 서로를 맞추는 데 에너지를 쓰기보다는 서로의 엉뚱한 장난에 물들어 재미난 일들이 더 많았다. 특히 나는 오래도록 혼자 살아왔던지라, 아무리 어려운 일이라도 스스로 처리해왔었다. 그런 나에게 이제 함께할 수 있는 사람이 생겼으니……. 그것만으로도 충분히 좋았다. 김비

당신을 위한
선물

미역국을 끓이지 않는 생일

오늘은 신랑의 생일이지만 미역국을 끓이진 않았다. 미역국을 끓여야 하는 건가, 생각하긴 했었다. 신랑과 같이 산 지 6년, 언젠가 비슷한 생각을 했던 것도 같지만, 단한 번도 신랑의 생일에 미역국을 끓인 적은 없었다.

함께 살기 시작한 그다음 해인가, "당신 생일에 음식도 하고 파티도 열어 사람들도 좀 초대하고 그럽시다" 하고 이야기했는데, 그는 단호하게 필요 없다고 말했다.

그는 자신의 생일을 챙기지 않는 나에게 한 번도 섭섭한 기색을 비춘 적이 없었다. 신랑의 생일에 미역국을 끓이지 않고, 내 생일에도 미역국을 끓이지 않는다. 나도 내 생일을 챙기지 않는 신랑에 대해 별반 섭섭해하지 않는다. 신랑처럼 나 역시 생일을 특별하게 지내본 적 없어 오히려 조용하고 평범하게 지나가는 것이 자연스럽다.

그렇다고 우리 사이가 심심하거나 밋밋하다고 생각하진 않는다. 신랑은 이따금 불쑥 꽃다발을 들고서 현관에 들어서고, 나는 계절이 바뀌면 신랑의 옷가지들을 챙겨 구입하고 채워 넣는다. '사랑하오' '고맙소' 같은 장난스러운 말투로 진심을 전하고, 서로의 손을 쓰다듬으며, 어깨를 토닥이길 망설이지 않는다.

꼭 기념일이 아니더라도 서로에게 작은 선물을 주고받고, 연극을 보거나, 같이 인형을 만들면서 특별하지 않은 날들을 특별하게 보냈다. 그러다 보니 오히려 특별한 날은 특별하지 않게 되어버렸는지도 모르겠다.

그래도 미역국을 끓이지 않는 그의 생일에는 미안한 마음이 생긴다. 미안하지 않지만 미안한 마음이 있다. 그래서 미안. 아니, 미안한 마음을 느낄 필요 없다는 걸 아는데, 어쨌든 미안하니 미안해서 미안. 아니, 미안하지 않아서 미안.

이럴 거면 차라리 미역국을 끓이지. 게으르다가 뻔뻔

스럽다가, 헛소리를 늘어놓으며 헛기침하는 특별한 밤이

그렇게 지나간다. 김비

이벤트를 챙기는 우리의 방식

기념일에는 특별한 선물 대신 서로 필요한 물건이 있으면 살 수 있도록 금액을 보낸다. 그리고 평상시에 외식을 잘 안 하는 편이라 기념일엔 손잡고 맛있는 걸 사 먹으러 간다. 둘 다 먹는 욕심이 없어서 맛집을 찾지는 않고 늘 먹던 메뉴 몇 가지 중에서 하나를 선택해 먹는다. 이것이 우리가 특별한 날을 보내는 방법이다.

우울증 때문에 짝지에게 잘 못하고 걱정을 끼칠 때가 많다 보니 기념일을 챙기기보단 평소에 꽃다발 같은 소박한 선물을 하는 편이다. 특정한 날은 아니지만 내가 짝지에게 선물한 것들은 다음과 같다.

1. 단골 카페의 컵케이크 만들기 클래스에 참가해 만든 짝지 얼굴을 담은 컵케이크
2. 귀금속 수공예 작업을 하는 지인에게 부탁해 만든 나비(짝지의 상징!) 목걸이

3. 짝지 얼굴을 붓으로 그려 넣은 머그컵

등등.

우울증에 사로잡히면 나는 많이, 정말 많이 무기력하다. 그럴 땐 짝지에게 미안하다. 그래서 우울증을 앓지 않고 컨디션이 괜찮을 땐 짝지에게 작은 선물을 하려고 한다. 사랑은 표현하는 것이고, 그 표현은 일상적이어야 힘이 있고 멋지다고 생각한다. 핑계처럼 들릴 수도 있겠지만 큰 이벤트를 하지 않는 진짜 이유이기도 하다. 박조건형

어허,
어허?

일요일 방구석

신랑은 오늘 점심을 먹고 별다방에서 커피 한잔 나누며 작업을 하자고 했다. 나도 그러자고 했다. 그런데 아침에 일어나자마자 신랑은 목을 삐끗한 것 같다며, 목과 목 아래가 없는 생물처럼 어기적거리며 걸었다.

찜질해줄까, 물었더니 노.

파스를 붙여볼까, 물었더니 노.

그는 굽어지지 않는 목덜미를 손으로 잡은 채 조심히 걸어가 냉장고를 열고서, 지난주 반찬 가게에서 두 봉지나 사다가 냉장고에 넣어놨던 시락국*을 어서 먹어치워야 하지 않겠느냐고 말했다.

그럼 그럽시다, 나는 예스.

1.7리터짜리 락앤락 유리용기에 그득 찬 시래기, 잘려

---

* 시래깃국의 경상도 사투리.

나간 시래기. 쏟아질 듯 찰랑거리는 들깻가루가 둥둥 떠다니는 국물. 탁한 국물을 바라보다, 콧구멍을 크게 열어 냄새를 맡는다. 구수하다가 시큼해지는, 소비기한의 끄트머리에 가닿은 위태로운 시락국. 조금 더 끓인 다음 뒤적거리면 괜찮을 거라 믿으며, 나는 국이 끓기까지 냄비 앞을 끝까지 지킨다.

"오늘은 나가지 맙시다."

시락국이 다 끓기도 전에, 신랑이 말했다. 나는 시락국 앞에 서서 그의 목소리를 듣고는 흘려버린다. 그리고 대답.

"그럽시다."

밥을 먹고 나면 설거지는 신랑 몫인데, 오늘 그는 시위하듯 설거지를 반만 해놓고 돌아선다. 개수대에 놓여 있던 아침 설거지까지 자신이 했으니, 천천히 먹느라 늦게 도착한 그릇들은 네가 하라는 뜻이겠지.

"아!"

(만난 지 11년째가 된 요즘 우린 장난처럼 반말을 시작했다)

"왜, 병필아!"

(신랑은 최근부터 내 본명 공격을 심심찮게 해댄다)

"저 싸람이!"

(발길질을 하며 신랑에게 쫓아가면, 그는 도망치며 웅크렸다
가 다시 또)

"어이, 김병필!"

이 세상에서 (남자로 살던 때의) 내 본명을 가지고 놀
릴 수 있는 단 한 사람. 지우고 싶지만 지울 수 없어 흉터
처럼 몸속에 새겨진 것까지 놀림거리로 만들어 나에게
사랑스러운 손가락질을 할 수 있는 유일한 사람이 저기
있다.

숨기고 싶어 가장 깊이 묻어두었던 내가 휘저어질 때,
경직되고 두려워지는 건 당연하다. 한데 언제부터 나에
게는 웃고 지나칠 수 있는 힘이 생겨버린 걸까?

웃음이 터져 뻐끗한 목덜미를 부여잡은 채 도망치는

그를 쫓다가 갑자기 궁금해졌다. 나는 내 상처가 보이지 않게 숨어야 한다고 믿었는데, 들키거나 손가락질 당하면 큰일나는 거라고 생각했는데……

이상하게도 자유롭고 안정된 우리 둘만의 세계.

"야!"

"왜!"

"싸랑한다!"

"오냐, 병필아!"

신랑은 또다시 목덜미를 부여잡고 도망간다. 나는 발길질을 하고, 작은 주먹을 만들어 그를 쫓는다. 좁은 24평 아파트에서 온 힘을 다해 장난치다. 헉헉거리며 제풀에 지쳐 주저앉아 킥킥댄다.

혼자였어도 가능했을까? 자신의 상처를 감추기만 급급한 채 나를 이해하고 받아들이지 못한다고 네 탓 내 탓 손가락질하던 시절을 지나, 느릿느릿 함께 꿈틀거리며 같은 몸짓을 배워가는 우리가 여기 있다. 김비

서로 합이 맞는 장난질

나는 짓궂은 사람을 좋아하지 않는다. 대개 그런 사람들은 상대의 기분과 상관없이 계속 장난을 치기 때문이다. 다만 그 장난의 경계선을 잘 알고 서로 애정 아래 주고받는 식의 장난은 괜찮다. 나는 짝지랑 그런 식의 장난을 많이 친다. 이 세상의 누구도 할 수 없는 짝지 본명 공격이 그렇다. 우리만의 장난 용어들을 정리하면 다음과 같다.

1. 이 싸람이?
   : 짝지가 화나기 직전에 쓰는 말
2. 어허, 어허?
   : 머쓱하고 어색한 순간을 벗어나기 위해 외치는 일종의 감탄사
3. 싸랑한다!
   : 사랑한다는 대답을 하라고 강요하는 짝지의 명령어

4. 어이, 박조! / 왜 김병필!

  : 깊은 생각 속으로 들어가는 나를 구할 때 짝지가 쓰
    는 말 / 거기에 응답하는 나의 본명 공격(나만 할 수
    있다)

5. 나가지 말까요?

  : 짝지의 다정한 외출 제안을 애써 거절하는 나의 완
    곡한 표현

6. ~하시오!

  : 하기 싫은 일을 서로에게 떠밀면서, 아무리 힘들어
    도 해야 한다고 강요하는 종결어미

  박조건형

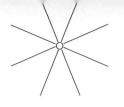

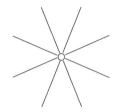

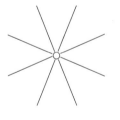

거시적 안목의
장기투자

내 짝지는 소설가다. 2015년, 짝지는 행동하는성소수
자인권연대(구 동성애자인권연대)의 웹진 '랑'에 소설 〈나
의 우울에 입맞춤〉을 연재했다. 전체가 30회였으니 매주
한 회씩 여덟 달을 연재했다. 짝지는 참 열심히 썼고, 부
지런히 연재했다. 이 소설이 책으로 나왔으면 좋았을 텐
데……. 5년이 지난 지금까지 그런 생각이 머릿속을 맴맴
돌아다닌다.

지금까지 나는 짝지의 영업이사를 자처하며 여기저기
에 홍보와 영업을 했다. 내 주요 업무는 소설가 김비를 조
금씩 노출시키는 것! 이런 노력에 하늘도 감동한 건지 아
니면 운이 좋았던 건지 여하튼 장편 소설 《빠쓰정류장》
과 에세이 《네 머리에 꽃을 달아라》가 출간되기도 했다.

소설 〈나의 우울에 입맞춤〉도 같은 전략을 썼다. 내가
가진 출판사 메일 주소로 모두 연락을 했다. 하지만 응답
이 없거나 자신의 출판사와 맞지 않는 소설이라는 회신
을 받았다. 주소가 달라서 반송된 메일도 있고, 돈을 내
면 출판해주겠다는 곳도 있었다. 조금 주춤했다. 출판 시

장은 점점 더 어려워지고, 견고한 성을 쌓아가는 것 같다. 맨날 짝지에게 "올해도 소설 한 권 내게 해줄게요"라고 호언장담했는데……. 내년에, 안 되면 그다음 해에 출판하는 것으로 계획을 수정한다. 그렇게 5년이 흘렀고, 아직 〈나의 우울에 입맞춤〉은 출간되지 못했다.

계속해서 글을 쓰는데도 책이 나오지 않으면 작가는 지칠 수밖에 없다. 소설을 쓴 지 20년이 넘었고 양산에 내려와 다른 일은 하지 않고 하루 종일 원고만 쓴 지도 8년이 되었다. 10년 뒤에 당신 인세로 얹혀산다고 이야기하며 지금은 내가 생활비를 부담하고 짝지는 글에만 전념하게 하고 있다. 그녀가 대중적인 작품을 쓰는지는 모르겠지만, 그 누군가에게는 가슴 깊이 다가가는 글을 쓰고 있다는 확신은 있다. 출판되지 않아도 독자가 그녀의 글을 알아봐줄 방법은 없을까? 그녀의 글이 책으로 만들어지지 못하면 많이 우울할 듯하다. 그저 멀리 내다보고 마음을 느슨히 바꿔먹은 짝지가 참 멋져 보였다.

최근 짝지는 또 다른 소설을 끝냈다. 그 소설은 곧 제본

해서 영업이사인 나의 검토를 받을 예정이고, 그녀는 또
다른 소설을 준비하고 있다. 그 소설을 다 읽은 뒤 나는
또 출판사에 메일을 보낼 것이다.

　사람들은 불안한 미래를 위해 적금, 주식 등으로 장기
투자를 한다. 나는 거시적 안목으로 10년 뒤를 위한 투자
를 하고 있다. 짝지가 묻는다.

　"10년 뒤에도 소설로 생활이 유지되지 않으면요?"
　"그럼 5년 더 투자하지요."
　"그래도 안 되면?"
　"어쩌겠어요. 10년을 같이 살아왔는데 그냥 같이 사는
거지요.^^" 박조건형

우리 집 가훈은
회복

서울에 다녀오려던 계획이 틀어졌다. 청탁받은 단편 소설 원고가 생각보다 빨리 마무리되었고, 하고 있는 일들도 마침 일찍 마무리되어 오랜만에 서울에 올라가 묵은 약속들을 해치우고 오자 싶었다. 내내 힘겨워하고 있는 신랑이 마음에 걸리긴 했지만, 어쩌면 그에게도 혼자만의 시간이 필요할 거라는 얄량한 생각도 고개를 들었다.

그러나 서울행 버스터미널에서 나는 다시 집으로 되돌아가야 했다. 버스가 출발하기 전, 신랑에게 자유로운 시간 보내라고 카톡을 보냈는데, 그의 답장은 '지난밤 혼자서 많이 울었다'였다. 뒤이어 신랑은 어차피 내가 곁에 있어도 도움이 될 것 없으니 다녀오라고 덧붙였다.

손에서 식은땀이 났다. 내 삶이 왜 이런가 싶어 혼자서 많이 울었다는 답장을 보는 순간, 나의 두 눈이 뜨거워졌다. 지금 그에게 필요한 건 자유가 아니구나. 나는 그대로 표를 취소하고 터미널을 나왔다.

표를 취소했다고, 이따가 집에서 도란도란 이야기를

나누며 최초의 가족회의를 하자고 카톡을 보냈다. 그리고 변함없이 문자 끝에 웃는 얼굴(^^)을 넣었다. 신랑의 퇴근 시간이 다 되었을 즈음 답장이 도착했다.

외근 나와 있어요.
회사에 들렀다가 집에 들어가면 조금 늦을 겁니다.

조심해서 들어오라는 답장을 하고 또다시 웃는 얼굴(^^)을 찍어 넣었다. 휴대전화 화면 앞에서 나는 조용히 안도의 숨을 내쉬었다.

밤 아홉 시가 넘어서 돌아온 신랑은 피곤해 보였고, 조금은 상기되어 있었다. 나는 그를 끌어안아주고, 그의 등을 오래도록 어루만졌다. 맥주 한 캔을 따서 나누어놓고 식탁에 비스듬히 앉아, 그도 울고 나도 울었다.

혹시나 공식적인 가장이 되었다는 사실이 그의 우울에 짐이 될까 싶어 우린 동등한 두 사람이며, 누구의 어깨에 있는 짐이든 언제든 나누어 질 수 있어야 한다고 말해주었다. 오래도록 당신의 어깨에 짐이 있었으니, 이제 나에게 나누어주어도 괜찮다고 조심스레 덧붙였다.

신랑은 직장을 그만두고 해야 할 일들을 말해주었다. 중장비 학원을 다니며 면허를 딸 것이라고 했고, 미루어 두기만 했던 원고를 집중해 작업하겠다고 말했다. 그의 앞에 가득 놓인 계획들에 오히려 나는 불안해졌다.

그래서 너무 성급하게 직장을 잡을 필요는 없다고, 우리 두 사람의 먹고사는 일은, 생각보다 복잡하지 않다고 걱정하지 말라고 이야기했다. 그러나 그는 두려움에 대해 말했다. 직장이란 틀에 매여 있지 않고 자유로워서, 오히려 더 불안과 무기력이 증폭되는 게 두렵다고 했다. 그래서 쉽게 회사를 그만둘 수도 없다고.

나는 그에게 자유가 필요할 거라고 생각했는데, 그는 자유는 두려움이라고 말한다. 나는 그의 삶에 재미가 필요하다고 생각했는데, 그는 재미란 마음을 내야만 가능한 일이라고 말한다. 그의 마음을 헤아리려는 나의 생각은 얼마나 얄팍한가. 그를 위한 일이라고 떠올리는 그 모든 상념들은 얼마나 이기적인가.

더 이상 그의 말이나 마음을 짚어내거나 재단하려 하지 않고, 나는 조용히 그의 이야기를 듣고만 있었다. 그는 이미 구체적으로 자신의 계획을 세워놓은 상태였고, 그런 그에게 내가 할 수 있는 건 응원뿐이었다. 함부로 구호를 외치거나 그의 팔을 끌어 올리지 않고, 조용히 그의 이야기 끝에 웃는 얼굴(^^)을 붙여주는 것, 그뿐이었다.

신랑은 이면지 한 장을 가져와 1번부터 4번까지 계획한 일들을 적었다. 나는 차곡차곡 쌓인 그의 계획 말미에, 우리 가족의 가훈은 '회복'이 되었으면 좋겠다고 말했다. 신랑도 나도 다친 줄도 몰랐던 마음들을 충분히 어루만지고 다독여가는 회복의 시간이 필요했다.

우리의 첫 번째 가족회의는 '회복'이라는 가훈을 완성하며 끝이 났다. 1년에 한 번씩 그렇게 한 해의 가훈을 정해보자고, 신랑과 나는 그날 서로 약속했다. 김비

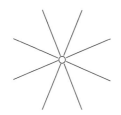

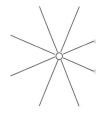

알뜰한
짝지

회사를 그만뒀다. 이후 프리랜서 드로잉 작가로 활동하고 있는데 아무래도 회사에 다닐 때보다 수입이 적다. 그렇다 보니 금액을 밝히긴 부끄럽지만 꽤 적은 금액을 생활비로 낸다. 그런데도 매달 알뜰하게 살아내는 짝지의 모습을 보면 신기하기도 하고 고맙기도 하다.

짝지는 필요한 게 있으면 검색에 들어간다. 여러 사이트를 비교해가며 가장 싼 가격을 공략하고, 할인 행사 제품을 눈여겨본다. 가격이 높은 제품일수록 판단을 미루고 몇 달에 걸쳐 각종 리뷰를 보고 또 보며 신중함을 더한다. 과연 그만한 돈을 주고 살 만한 제품인지 스스로 묻고 또 묻는다. 나는 짝지가 손쉽게 하는 그런 검색과 고민의 과정이 어렵고 복잡하게 느껴져 대부분의 장보기와 살림을 짝지에게 맡기고 있다. 그리고 짝지를 100퍼센트 신뢰하는 편이라 신중한 고민 뒤에 내린 판단에 대해서는 망설임 없이 "오케이!"라고 답한다.

그러던 어느 날, 오래된 공간 박스를 버리러 경비실에 갔다. 예전에 이런 물건을 버릴 땐 2000원의 수거 비용을

냈는데, 이번에는 5000원을 내라고 하셨다. 경비원님의 그 말에 짝지가 흥분했다. 나는 그런 그녀를 가만히 지켜보았다. 관리대장에는 '공간박스 1000원'이라고 되어 있지만, 그는 계속해서 5000원만 이야기하셨다. 말이 통하는 분 같지는 않고 괜히 싸워봐야 언성만 높아지겠다는 생각이 들었다.

짝지는 자신의 경험과 관리대장의 기록을 근거로 들어 이야기를 하는데, 경비원님은 계속 딴소리만 하셨다. 평소 잘 흥분하지 않는 짝지가 그날은 끝까지 우기는 경비원님에게 지지 않으려 목소리를 높였다. 결국 나는 "5000원 냅시다!" 하곤 짝지를 끌고 나왔다.

짝지가 언성을 높인 건, 1000원이라도 아끼려는 알뜰함에서였을까?
경비원의 말이 부당하다고 생각했기 때문일까?
나는 짝지와 함께 경비아저씨와 싸워야 했을까?

여러 물음들이 머릿속을 오갔다. 그러다 왠지 모든 게

벌이가 시원찮은 나 때문이라는 생각이 들어 미안한 마음에 그 자리를 빨리 뜨자고 한 것이다. 그날은 알뜰한 짝지에게 고마움보단 미안함이 드는 날이었다. 박조건형

아이와
가족

아이 이야기

신랑에게 만약 어떤 과학적 방법으로든 우리에게 아이를 가질 수 있는 기회가 있다면, 어떨 것 같냐고 물은 적이 있다. 그는 조금의 망설임도 없이 고개를 저었다.

"나 혼자 먹고살기도 힘든데, 무슨……."

그의 웅얼거림은 비혼이나 비출산을 선택하는 이유가 가난이라는, 우리 시대 젊은이들의 인식과 다르지 않았다. 나는 조금 더 질문을 정돈해, 가난의 이유가 아니라면, 본인을 닮은 아이를 가지고 싶은 순수한 욕망이 없는지 다시 물었다. 이번에도 신랑은 그런 것 없다고 단호하게 대답했고, 나는 더 이상 아무 말도 하지 않았다.

왜 민망하게 느껴졌는지 알 수 없지만, 나에게는 아이에 대한 욕망이 존재하는 것 같다. 이따금 신랑을 닮은 아이는 어떤 모습일까, 그 아이와 같이 사는 삶은 어떤 풍경일까, 궁금해지기도 한다. 우울증이 없던 초등학생 시절, 신랑은 굉장히 경쾌하고 발랄한 아이였다고 하니, 그를 닮은 아이도 그렇겠지? 아무리 힘들어도 공존의 기본은 알고 있는 사람이니, 그를 닮은 아이 역시 폭력을 지양하며 상대에 대한 존중을 충분히 깨우칠 수 있는 사람일 것이라 미루어 짐작만 해볼 뿐이다.

결혼을 했으니 아이가 있어야 한다는 말에는 조금도 동의하지 않지만, 둘 사이에 또 하나의 인간을 만들어가는 삶이 나이 들어 더욱 궁금해지기는 한다. 소설 속 세계에서 주인공의 성장을 지켜보듯, 현실 속에서도 성장하는 한 아이를 살펴보고 응원해줄 수 있지 않을까 상상해본다. 참으로 설명하기 힘들고 난해하지만 내 안 깊이 뿌리 박혀 있는 것 같은 그런 마음이다.

또다시 두려움이나 불안이 시작되겠지만, 그래도 그 아이와 신랑과 나 사이의 삶에 대한 기록은 또 어떤 모양일지, 나는 이따금 현실적으로 가능하지 않은 그 이야기가 궁금해진다. 육아를 하는 우리는 어떤 모습일 것이며,

그로 인해 포기해야 하는 지금 우리의 삶은 또 무엇일지.

성소수자 가족 중에도 나처럼 아이에 대한 욕망을 지닌 분들이 분명 있으리라 믿는다. 서툴고 불안하다가, 조금씩 자신의 생김을 찾아가는 한 아이를 곁에서 지켜보고 싶은 마음. 사랑하는 사람과 나란히 그들의 성장을 논의하고, 결정하고, 미래를 상상하며, 온 마음으로 응원하고 싶은 마음.

그럴 거면 왜 수술을 했느냐는 등 쓸데없는 소리를 듣고 싶은 게 아니다. 아이와 육아를 이성애자의 것으로만 규정했던 관념을 새로 논의할 수 있지 않을까, 되묻고자 하는 것이다. 나는 종전까지 없는 것이라고 믿었던 꿈을 다른 방식으로 꾸는 상상을 해본다. 그것만으로 또 다른 새로운 가능성을 지닌 채 확장할 수 있을 테니 말이다.

김비

내게 가족은 어떤 모습이지?

 내가 아이를 가지고 싶지 않은 것은 경제적인 이유만
이 아니다. 우울증을 안고 살아온 사람으로서 불안감을
지닌 채 육아를 하는 건 도저히 감당이 안 될 것 같아 자
신이 없다. 그리고 무엇보다 불행은 나의 대(代)에서 끝나
길 바란다. 짝지가 아이를 가지지 못한다는 사실은 나에
겐 반가운 일이었다. 만약에 생물학적으로 임신과 출산
을 할 수 있는 다른 사람과 연애를 했더라면 난 일찌감치
정관수술을 했을 터였다. 그만큼 우울증은 나의 과거와
현재 그리고 미래의 가족에 큰 영향을 미쳤다. 나의 원가
족이 나의 우울증을 형성하였고, 그 우울증이 나의 소박
한 가족상을 만들었다.

 어머니도 이제 할머니가 되었고, 외할머니도 아흔이
넘으셨지만, 여전히 난 살갑게 그들을 보살피지 못한다.
그래서 늘 죄송한 마음이다. 그 역할은 대부분 동생이 하
고 있는 것 같아 동생에게도 미안할 따름이다. 명절이나

생신 이외에는 자주 찾아뵙지도 않고, 안부 전화나 문자도 거의 하지 않는다. 먼저 연락을 주시면 받는 정도. 여동생과도 그렇게 친하거나 편한 사이가 아니라서 그냥 드물게 한 번씩 볼 뿐이다. 원가족을 더 화목하게 만들고 싶은 욕심은 없다. 다만 짝지와 둘만의 가족은 재미있고 즐거웠으면 좋겠다. 박조건형

둘만이 아닌
여럿의 가족

듣고 계시지요, 제 마음

　신랑의 책상 위엔 돈 봉투가 그대로였다. 어머님의 생신을 기념해 저녁을 먹기로 한 오늘, 선물 대신 어머님께 드리기로 한 용돈이었다. 하지만 그에게 전화나 문자를 넣지는 않았다. 신랑은 이미 어머님과 식사를 하러 나갔고, 돈은 다음에 드리면 되는 일이니까.

　축하하는 자리의 저녁 식사가 그렇게 짧아도 되는 걸까 싶을 만큼 금방 돌아온 신랑은, 어머님께서 쓰실 헤드폰을 하나 알아봐달라고 했다. 요즘 어머님은 휴대전화로 불교 방송을 자주 보시는데, 한쪽 청력이 좋지 않아 음량을 크게 틀어놓으니 옆집에서 말이 나온 모양이었다. 신랑의 이야기를 듣고 곧바로 헤드폰을 검색했는데 종류가 한두 가지가 아니었다.

　나는 일단 신랑에게 어머님이 쓰시는 휴대전화 기종을 알아봐달라고 했다. 내 앞에서 그는 어머님과의 카톡 대화창을 열어 "휴대전화 기종이 뭐지요?" 하고 물었고, 어머님은 기종 이름을, 일련번호까지 붙여서 보내주셨다. 신랑은 그 메시지를 다시 나에게 보였고, 나는 그 정보들을 검색창에 적어 넣었다. 나는 어머님에게서 신랑으로, 신랑에게서 다시 나에게로 건너온 숫자와 기호들을 가만히 쳐다봤다.

가장 많이 팔리는 순서로 정렬해보니, 대부분 전문적인 음악 종사자를 위한 용도이거나, 게임 혹은 패션 아이템이었다. 리뷰들을 살펴봤다. 음의 베이스와 피치를 언급하거나 패션 아이템으로 괜찮다는 글들이었다. 어디에도 노인 사용자를 위한 리뷰는 없었다.

판매량 상위 항목 중에 아기 주먹 모양의 제품이 있어 살펴보니, 골전도 헤드폰이라고 나와 있었다. 고막에 자극을 주지 않고 뼈의 진동을 이용해 소리를 전달하는 방식이라고. 청력이 안 좋으신 어르신들께도 도움이 될 수 있다고 해서 이거구나 싶었는데……. 아, 블루투스 연결 방식이란다.

처음 한 번만 페어링을 해놓으면 그다음은 자동으로

연결되겠지만, 어머님이 과연 그걸 하실 수 있을까 가늠이 되지 않았다.

선을 직접 연결할 수 있는 것들로 다시 나열하고 보니, 대부분 헤드 부분이 40밀리미터가 넘어 귀를 완전히 덮는 형태였다. 스마트폰용으로 다시 검색을 하니 이번에는 모두 연결선이 2미터가 넘었다. 집에서만 쓰실 거라고 했는데, 선이 길면 걸리적거리지 않을까? 머리에 쓰는 헤드폰은 필연적으로 정수리에 닿게 되는데, 닿는 부분이 얇으면 또 너무 딱딱해 불편할 것 같았다.

사진으로만 뵈었지, 나는 어머님의 머리 모양이 어떤지, 두상의 크기는 어느 정도인지, 알지 못한다. 정말 머리에 올려놓고 쓰는 게 괜찮으신지, 목 뒤로 걸쳐 쓰는 게 오히려 낫지 않을지, 혼자 고민할 뿐이다. 갖가지 화려한 문구로 치장한 물건들을 꼼꼼하게 읽으며 어머님의 모습을 상상한다. 주로 소파에 앉아 들으실까, 방에 누워 들으실까. 가만히 어머니의 모습을 상상하는데, 엉뚱하게도 눈가가 흐려졌다. 신랑이 보지 못하도록 태블릿을 눈 가까이게 바싹 붙이고, 흠흠 헛기침을 한다.

"어머님, 이건 직접 끼워보셔야 해요."

당장이라도 마트로 달려가 어머님께 이것저것 헤드폰을 끼워드리고서 가장 편한 걸로 고르면 간단하게 해결될 일인데……

고독한 게 아니라 평화로운 거라고 믿고 살았는데, 이따금 그 믿음의 주름이 만져진다. 가족은 여전히 나에겐 그리운 것이 아니라 두렵고 난감한 무언가인데, 스쳐 가는 타인이 아니라 가족의 이름으로 내 삶 옆에 놓인 그 얼굴들이 궁금해진다. 타인이지만 타인은 아니며, 가족이지만 또 가족이진 않은.

"비싼 거 필요 없다. 2, 3만 원짜리면 충분해"라는 어머님 말씀에, "그래도 생신이신데 비싼 걸로 사셔요. 그 정도는 사드릴 수 있어요!"라고 나는 혼자서 대답을 준비한다. 김비

녹음기를 켰다

부산 외할머니 집에 가는 길. 여동생 차를 타고 엄마랑 함께 가는 그 길에 이런저런 대화를 나누다가 무슨 생각에서인지 휴대전화 녹음기를 켰다. 그리고 세 사람이 모르게 휴대전화를 바닥에 내려두었다.

동생은 별일이 없어서 설 연휴를 짧게 가진다고 했고, 이어 외삼촌 회사 이야기, 어릴 때 내가 그네에 부딪쳤던 이야기, 몸에 수두가 났던 이야기 등등 과거와 현재를 오가며 가족 구성원들의 이야기가 이어졌다.

15분 정도 녹음하고 끈 걸 집에 와서 짝지와 같이 들었다. 녹음은 너무도 잘되었고, 그 소리를 통해 짝지도 간접적으로 내 가족의 목소리를 들을 수 있어 좋았다. 종종 가족과 대화할 때 녹음기를 켜두면 어떨까 생각했다.

박조건형

우리의
명절은

별일 없는 명절

　제주에 살고 있는 엄마에게서 전화가 왔다. 차례를 지내러 이모 집에 왔다고 하셨다. 엄마는 내 아버지와 살 때도, 두 번째 남편과 살 때도 이모 집을 단 한 번도 가지 못했다. 혼자가 된 지금에서야 자유로운 몸이 되어, 명절이면 으레 이모 집을 찾는다.

　최근 엄마는 틀니를 새로 하면서 스트레스가 쌓이고, 노환에 장염까지 겹쳐 제대로 밥을 먹지도 못했다. 그런데 엄마는 이모 집에 오고 나니 그간 아팠던 게 싹 나았다며 아이처럼 좋아했다.

　"잘 지내지?"
　물음에 잘 지낸다고 대답했는데, 엄마는 다시 똑같은 말을 물었다.

　"별일 없지?"

물음에 별일 없다고 대답했는데, 엄마는 재차 또 묻고 있었다. 나 혼자 지내는 별일 없는 명절을, 그래서 "별일 없다"고 말했는데, 엄마는 연거푸 괜찮냐고 물었다. 이어지는 질문에 그냥 잘 내려가시라고 간단히 말하곤 전화를 뚝 끊었다.

"엄마가 외로운가 보네."

신랑과 주차장 계단을 내려갈 즈음, 나는 중얼거렸다. 그러고 보니 엄마는 한 번도 혼자 살아본 적 없던 사람이었다. 혼자 살았던 사람은 아니었지만, 그럼에도 외로웠던 사람. 신랑도 나를 향해 엄마에게 좀 잘하라고 괜한 소리 하지 않고, 나도 신랑에게 가족에게 잘하라고 허튼소리 하지 않지만, 주고받지 않는 우리 두 사람의 침묵 사이에 엄마의 물음은 자꾸 피어오른다.

왜 나는 엄마를 고맙거나 사랑하는 대상이라기보다 불쌍한 여자라고만 생각하는 걸까?

"이번 겨울에는 엄마한테 한번 다녀와야겠네."

나는 또다시 혼자 중얼거렸고, 신랑은 아무 말도 하지 않았다. 김비

조용하고 썰렁한 가족

아버지와 어머니는 중매로 만나셨다. 결혼하자마자 아버지는 원양어선을 타셨고 두 사람의 부부관계가 그렇게 살갑지는 않았다고 한다. 게다가 나중에는 아버지가 특정 종교에 빠지면서, 집안 내 크고 작은 문제들이 생겼다.

아버지와 사이가 안 좋으면서도 명절이 되면 엄마는 매번 큰집에 가셨는데, 어느 날부턴가 명절이 되어도 엄마는 큰집에 가지 않으시고 집에서 조용히 쉬셨다.

아버지가 사라진 우리 가족은 행복했을까? 명절에 인사를 나누고 각자의 생일이나 어버이날에 밥 한번 먹는 게 다인 조용하고 썰렁한 가족. 그마저도 내가 우울증 상태일 땐 못 하기도 한다.

제주에 혼자 살고 계신 장모님을 뵈러 갔다. 처음 만난 장모님은 나를 "박 서방, 박 서방" 하면서 예뻐해주시고 좋아해주신다. 그 챙김이 감사하지만, 조금은 낯설고 어색하기도 하다. 게다가 우울증일 때는 아무것도 못하는 내 모습이 너무나 부끄럽고 죄송하다. 우울증이 없었다면 나에게 가족의 모습은 많이 달랐을까? 장모님을 더 살갑게 챙기지 않았을까? <u>박조건형</u>

2부

우린 그렇게
서로의 위태로움을
끌어안는다

우리가 지웠던
그녀의 이름

오늘은 무수히도 지워지고 또 지워졌을, 한 여성의 역사를 기록하려 한다. 70여 년 전 태어나 배다른 동생 다섯을 건사하고, 가난한 가계의 먹는 입을 줄이기 위해 한국전쟁 상이용사에게 팔려가듯 시집갔던 박복희 씨.

그녀 나이 열여섯, 시집이라고 하나 쫓겨나듯 집을 나와 처음 본 남자를 따라나서야 했다. 그녀는 앞으로 함께 살아야 할 남자가 한쪽 손이 없고, 한쪽 눈이 없는 사람이란 걸 뒤늦게야 알고서 참 많이 울었다. 조금이라도 심사가 뒤틀리면 폭력을 휘두르는 남자를 서방이라고 믿고 버텨야 했던 복희 씨. 도망치기도 여러 번이었다. 다시 붙들려오고, 또다시 붙들려오면서, 첫 아이를 낳고, 둘째를 낳고, 셋째를 낳았다.

"사랑은 지랄!"

때늦은 자식의 물음에 그렇게 일갈하던 복희 씨였으나 어떤 마음으로 낳았든, 어쨌든 그녀는 자식을 최선을 다해 애써 키우며 살았다. 하지만 결국 살아도 사는 것 같지 않은 외로움에 못 이겨, 서방의 끊임없는 폭력에 못 이겨, 마흔이 넘은 나이에 자식새끼들을 버리고 집을 나서야 했던 복희 씨.

날 때부터 유독 허약하고 발육이 늦었던 둘째가 혼자서 큰 수술을 받았다는 소식을 들었을 때, 복희 씨는 몇날 며칠 소주를 들이켰다. 그리고 울었다. 더 이상 사내가 아닌 계집으로 살아가겠다고 해서가 아니라, 셋 중에 제일 허약했던 녀석이 혼자서 그 큰 수술을 버텨내야 했던 것 때문에 복희 씨는 울고 또 울었다. 모든 게 내 탓은 아니었을까. 그녀는 땅을 치며 하염없이 울었다. 그런데 수술 이후 다시 만난 둘째는 그동안 한 번도 본 적 없던 건강하고 씩씩한 모습이었다. 복희 씨는 얼마나 다행스럽고 안심이 되었던지 가슴만 자꾸 쓸어내렸다.

남이야 손가락질을 하든 말든 내 새끼 건강하고 즐겁게 살면 되지. 복희 씨는 세상의 모든 편견을 넘어서며 딸이 된 아들의 든든한 버팀목이 되어주겠다고 마음먹었다. 애초부터 아들이 아니었던 게지, 사람이 잘못 태어날 수도 있는 게지! 당신이 먼저 목소리를 높이며 둘째의 비빌 언덕이 되길 자처했다.

"이다음에 너랑 나랑 둘이 살자."

복희 씨는 둘째에게 그렇게 말하곤 했었다. 나도 너도 혼자라 외롭다고 느끼는 때가 오면, 그때는 서로 기대며 둘이서 알콩달콩 살아보자고. 서로 의지하며, 그렇게 살아가자고.

그러던 어느 날, 둘째에게 결혼 소식이 들려왔다. 평범한 남자와 결혼이라니, 상상도 하지 못했었는데…… 복희 씨는 둘째의 결혼 소식이 놀랍기도 하면서, 한편으론 아무런 도움 하나 주지 못하고, 재가한 남편 때문에 자식 얼굴조차 제대로 볼 수 없는 현실이 한스럽기만 했다. 마음 같아서는 도둑질이라도 해서 둘째의 살림에 보탬이 되고 싶었다. 어미 노릇 할 수 없는 스스로가 원망스러웠다. 복희 씨가 만난 사내라는 것들은 어쩜 그리 뻣뻣하고 드세기만 한지, 서방의 도리, 마누라의 도리를 따지며, 하늘땅 가르기만 했다. 뒤늦게 다시 만난 자식들에게 짐이 되지 않기 위해 재가했다지만, 그 자리 역시 고통스럽고 힘겹기는 마찬가지였다. 그래도 언젠가 당신이 버렸던 자식들에게 조금이나마 힘이 될 수 있지 않을까, 또다시 버티고 버티는 나날들이었다.

그녀는 일흔이 되어서야 그 누구의 허락을 받지도, 눈치를 보지도 않는 자유로운 몸이 되었다. 그제야 복희 씨는 그동안 만나지 못했던 둘째와 사위를 만나게 되었다. 초라한 몰골이라 사위 보기가 부끄러웠지만, 그럼에도 둘째와 같이 사는 남자가 어떤 사람인지 꼭 보고 싶었고, 또 확인하고 싶었다. 설마 둘째마저 자신처럼 어리석고 바보 같은 삶을 살게 되는 것은 아닌지, 복희 씨는 직접 자신의 눈으로 확인하고 싶었고 사위에게 다짐이라도 받아야 되겠다 싶었다.

선한 눈매와, 둥글둥글한 인상. 언제나 둘째의 곁에 있어줄 좋은 친구처럼 보였다. 사위 역시 상처가 있어 우울한 구석이 보이기도 하지만, 그래도 서로 위로하며 버팀목이 되어줄 수 있을 거란 생각이 들었다. 복희 씨는 그를 보자마자 "박 서방"이라고 불렀다. "다른 거 다 필요 없다,

재미있게 살거라, 서로 위하며 제발 재미있게 살거라!"
노래를 불렀다. "잘 부탁하네, 잘 부탁해!" 복희 씨는 박
서방의 큰 손을 붙들고서, 따가운 여름 제주 햇볕에 새카
맣게 탄 눈가를 찍어냈다. 김비

나의 시작

불안하고 두려울 때

내 최초의 불안은 가족이었다. 우리 가족은 달동네 산 8번지 언덕배기 제일 높은 집에 살았다. 미군부대에서 가져 온 나무판자들로 만든 담벼락과 드럼통으로 만든 똥통 화장실이 있었다. 멀지 않은 곳에 휴전선이 있었는데 거기선 이유 모를 대포와 기관총 소리가 밤낮 할 것 없이 계속됐다. 하지만 그 어떤 것보다 무서웠던 건 나무 문을 박차고 들어오는 아버지의 인기척이었다.

아버지는 그 높은 곳까지 한 팔로 짐 자전거를 끌며 매일 오르내렸는데, 그래서 집 안에 들어설 즈음 아버지의 얼굴엔 안간힘과 짜증이 동시에 뒤섞여 있었다. 때에 전 점퍼 주머니에서 갈고리 손을 꺼내 휘두를 때면, 아버지를 마주하는 것만으로도 저절로 울음이 터졌다. 울음을 삼킨 횟수만큼 나는 자랐고 그 뒤론 동생의 울음이 터졌다. 그리고 동생이 다 자랐을 때에는, 아버지의 황망한 죽음 앞에 내 울음이 다시 터졌다.

두 번째 불안은 학교였다. 80년대 초중반, 남자 중학교
와 남자 고등학교를 다녔던 나는 아침마다 교문을 들어
서는 일이 지옥이었다. 조용하고 내성적인(그게 여성만의
것일 리 없는데 당시에는 '여성적'이라고 놀림의 대상이 됐다)
남자아이였던 나는 학생, 교사, 이웃 할 것 없이 모두의
교정 대상이었다. 사내 만드는 게 뭐 그렇게 대단하고 위
대한 일인지, 사내가 되어야 한다고 휘두르는 모든 폭력
은 아주 자연스럽게 정당화되었다. 그리고 나는 추행이
나 폭행의 피해자임이 분명한데도 사과나 위로의 말 대
신 "그러게 사내다워야지!" 하며 조롱 섞인 핀잔을 들어
야 했다. 비명이라도 질러야 당연한 일이었는데, 나는 그
저 웅크리고만 있었다. 당시의 나는 모든 것이 내 탓이라
고 생각했고, 나만 바꾸면 된다고 믿었다.

불안의 꼬리를 물고서 다시 나타나는 것이 불안이란
놈의 생리인데도, 이상하게 그다음 불안은 오지 않았다.
사실 나는 '불안해하지 않는 나'를 흉내 내며 온 힘을 다
해 아무렇지 않은 척했다. 이유가 무엇이든 간에 불안한
자가 불리한 자라는 걸 알게 되었다. 당당하고 떳떳한 자

들의 이야기는 희망이란 꼬리표를 달고 사람들의 주목을 받았다. 반대로 불안하고 겁에 질린 사람들의 웅얼거림은 무능력하고 보잘것없이 비쳐 아무렇게나 버려졌다. 나는 그걸 너무나 자연스럽게 알아버렸다.

불안이 없던 시절이라고 말했지만, 돌아보니 그때의 내가 가장 끔찍했다는 걸 안다. 타인이 되지 못해 안간힘을 쓰던 나는 모두가 바라는 보통 사람이 되었지만, 거울 속 나에게 자꾸 묻고 싶어졌다. 점점 야위어가는, 모두가 '나'라고 말하는 이 낯선 사람에게 계속 다그치고 있었다.

너는 살아 있니?
거기에 있니, 있기는 한 거니?

서른이 다 되어, 나는 나만 알고 있었던 내 이야기를 하기 시작했다. 나는 내 목소리가 그렇게 큰 줄 처음 알았다. 온통 내 것이던 불안이 이제는 내 주변 모든 사람들의 것이 되었지만, 그렇다고 내 불안이 사라진 건 아니었지만, 처음으로 그 불안을 끌어안고 살 수 있겠다는 자신감이 생겼다. 어쩐지 공평한 느낌이 들었다. 불안이라는 게 실은 이토록 얄팍한 감정인지 알 지 못했다. 불안을 꺼내 놓고 나니 귀여워 보이기까지 했다. 그 볼품없음에 나도 모르게 웃었는데, 그게 어쩌면 용기의 시작이었는지도 모르겠다. 김비

우울증은 핑계일까 치열함일까

　내 이야기를 하자면 우울증에 대해 말할 수밖에 없다. 이번 우울증은 작년 여름부터 시작되어 다른 때보다 꽤 오래가고 있다. 걱정이다.

　짝지와 나는 함께 살기 시작했을 때부터 각방을 쓴다. 짝지의 방은 아침 여덟 시부터 햇살이 들어오는데, 그렇게 눈을 뜬 짝지는 한두 시간 정도 SNS와 검색의 세계에 빠져 이부자리 위에서 뒹굴뒹굴한다. 열 시쯤 되면 이부자리에서 나오는데, 나는 그때까지도 내 방에서 누워 있다가 짝지의 인기척이 들리면 겨우 몸을 일으킨다. 수업이 있는 날은 선생님이라는 가면을 쓰고 외출을 하고, 수업이 없는 날은 내 방 소파에 앉아 유튜브를 보곤 한다. 재미있어서 보는 건 아니다. 그냥 누워만 있고 싶은데, 짝지가 내게 "낮에는 눕지 맙시다"라고 말한 적이 있어 억지로 앉아 있을 뿐이다. 짝지가 거실에서 글을 쓰면 거기에선 보이지 않는 내 방 안쪽으로 몰래 몸을 눕히곤 한다.

상담 선생님도 이번 우울증은 너무 오래가서 걱정이라며 하루에 30분씩 걷기를 권했고, 아침에 문자 알림을 보내주신다. 정말 나가서 걷기 싫은데, 억지로 나가 30분 동안 걷고 들어온다. 예전엔 동네에 있는 아주 저렴한 헬스장에 갔었는데, 최근엔 거기도 가지 않고 있다. 가서 샤워만 하고 와도 되는데……. 가는 게 망설여진다. 내가 오든 말든 헬스장의 어느 누구도 관심 없을텐데. 이런 생각을 하는 내가 한심하고 부끄럽기만 하다.

내 안부가 걱정되어 오는 전화에도 바로 받는 경우가 드물고 주로 문자로 답한다. 우울증 약을 계속 먹고 있지만 요즘은 아무런 도움도 되는 것 같지 않고, 정신과 선생님의 얘기도 내게는 와닿지 않는다. 예전에는 사람들을 만나고 이야기하는 것을 참 좋아했는데, 요즘은 그 모든 게 껄끄럽고 두려워서 일로 관련된 경우가 아니라면 만나는 사람도 없다. 저녁 시간이 되면 짝지는 원고 쓰는 일에서 퇴근하고 TV를 켠다. 같이 TV를 멍하게 보다가 아홉 시가 조금 넘으면 짝지에게 뽀뽀를 하고 내 방으로 들어가 이부자리를 편다. 잠 속으로 영원히 숨어버리고 싶다. 어둡고 조용해진 방 안에서 내일이 안 왔으면 하는 생각을 하며 눈을 감는다.

아버지는 내가 태어나기 전부터 원양어선을 타셨다. 3, 4개월 배를 타고 3, 4일 집에 머무는 식이었다고 한다. 그렇게 잠깐잠깐 아이들을 보는 아버지는 부재의 시간을 만회하기라도 하듯 가족을 데리고 여기저기를 다니느라 바빴다. 여동생은 붙임성이 좋아 아버지 옆에서 귀여움을 떨었지만, 나는 그러지 못했다. 내게 아버지는 낯설고 어색한 존재였다. 내가 열두 살이 되던 해, 아버지는 원양어선 타는 일을 그만두었고, 갑자기 탁구장을 차렸다.

당시 우리는 아버지가 특정 종교에 빠진지 몰랐다. 그저 어느 날 급히 전셋집으로 이사를 가게 되어 어리둥절했을 뿐이다. 나중에 엄마에게 전해 들은 바로는 당시 길거리에 나앉을 판이었는데, 어머니가 겨우 자금을 챙겨서 전셋집이라도 들어갈 수 있었던 거라고 한다.

그때 내 나이가 열다섯. 사춘기 때였다. 이사하기 전의 나는 동네 아이들과 거리낌 없이 뛰어다니는 씩씩한 아이였는데, 이사 후부터 내향적이고 우울한 아이로 바뀌었다. 아버지는 특정 종교 때문에 늘 부재했었고, 초등학교 교사였던 어머니는 변변찮은 집안 사정과 허약한 체력 때문에 힘들게 일을 하실 뿐 아들을 살갑게 챙기지는 못했었다. 나는 그 시간들을 어떻게 보내야 할지 모르는 아이로 방치되었다.

중학교 2학년부터 고등학교 3학년까지 내 모습은 똑같았다. 학교를 마치고 오면 내 방에 들어가 숨어 있었고, 거기서 하는 거라곤 누워 있거나 잠을 자는 것이었다. 유일하게 가는 곳은 만화방이었는데, 만화를 좋아해서 갔다기보다 혼자 있고 싶어 찾는 장소에 불과했다. 그 당시 아버지를 포함해 모르는 사람들이 종종 집으로 와서 그들의 종교를 설명하려 했고, 돈이나 돈이 될 만한 무언가를 자꾸 가져가려 했다. 그 사람들은 엄마의 일터를 찾아가 엄마를 힘들게 하기도 했고, 집에 와서 쌀을 가져가려고 하는 바람에 외할머니와 싸우기도 했다. 어느 날 아버지가 집에 오면, 말이 통하지 않는다는 이유로 엄마는 방으로 들어가버렸다.

만약에 엄마가 아버지와 맞서 싸우거나 이혼을 하자고
했다면 나의 우울증은 좀 달라지지 않았을까? 요즘은 종
종 그런 생각이 들기도 한다. 어머니가 방 안으로 들어가
버리면 동생과 나도 각자의 방으로 들어가버리고 외할머
니는 근처 삼촌네 집으로 가셨다. 집안 분위기는 찬 바람
이 부는 냉골 같았다.

그때의 시간에서 29년이나 지났지만, 여전히 나는 작
은 힘듦에도 쉽게 우울과 무기력으로 도피해 숨어버리곤
한다. 개인 상담도 오랫동안 받아보고 우울증 약도 먹지
만, 우울증이 올 때면 언제나 지옥을 맛본다. 지금까지 나
는 우울증과 맞서 치열하게 싸우고 있는 것일까, 우울증
을 핑계 삼아 힘든 일이 있을 때마다 숨고 회피하는 것일
까. 아직도 그걸 잘 모르겠다. 박조건형

무례와
불편

천하장사가 되고 싶지만

　어쩌다 보니 영화 작업을 도울 기회가 있었다. 데뷔작으로 하필 난감하고 어려운 주제를 고른 감독님 두 분이 나에게 연락을 주었다. 내 책《못생긴 트랜스젠더 김비 이야기》가 시나리오 개발에 많은 도움이 되었다며 나를 만나 더 많은 이야기를 듣고 싶다는 것이었다. 그리곤 내 메일로 시나리오를 보낼 테니 읽어봐달라고 했다.

　'성전환 수술비를 벌기 위해 씨름을 한다'는 시놉시스 첫 문장에 나도 모르게 헛웃음이 터졌고 보내주신 시나리오를 찬찬히 읽어 내려갔다. 풍성하고 아름다운 이야기가 담긴 작품이었고, 민감할 수 있는 주제를 유쾌하면서도 거부감이 들지 않게 풀어내고 있었다. 내가 이 작품에 작은 도움이라도 될 수 있다면, 그러고 싶었다.

　충무로에서 감독님들을 뵙고 이야기를 나눈 뒤, 종로에서 또 한번 뵙고 이야기를 나눴다. 이쯤이면 됐겠지 하는 생각에 좋은 영화 만드시라는 덕담을 해드리고 헤어졌는데, 이번에는 을지로에 있는 영화사로 와달라고 했다. 그곳에서 제작자, 주연배우들과도 인사를 했다. 이어 프로듀서님이 음악감독님에게 나를 소개했는데…… 순간 어색한 분위기가 되고 말았다. 외국인이었던 음악감독님께 나에 관해 말하며, '트랜스젠더'라고 소개했던 것이다. 순간 무언가 이게 아닌데 싶은 분위기가 담배 연기처럼 퍼졌다가 이내 사라졌다. 곧 공적인 자리는 예정된 수순으로 흘러갔다.

이제야 고백하지만 '트랜스젠더'라는 이름을 이마에 붙인 나는 그 자리가 내내 불편했다. 누구도 나를 향해 비난하거나 혐오의 마음을 품은 사람이 없었음에도 그랬다. 오히려 그 어떤 자리보다 성소수자의 마음을 헤아리려고 애쓰는 세심하고 고마운 순간이라는 것도 알고 있었다. 그 영화의 주인공은 여자가 되고 싶은 소년이었다. 그러므로 작품 개발에 도움을 준 나를 트랜스젠더라고 소개하는 건 이상한 일이 아니었다. 이 작품과 나의 정체성이 어떤 연관이 있는지 이야기하는 건, 어쩌면 꼭 필요한 일인지도 모른다. 나는 이 점을 이해하고 있었다.

그런데도 그랬다. 충분히 이해하고 납득하는 상황인데도 엉킨 마음은 도무지 해소되지 않았다. 그러면 도대체 뭘 어쩌라는 건데? 오직 나만 아는 그 불편함은, 세상 모든 사람들을 비껴가 정확히 나에게만 내리꽂히는 그 지독한 불편함은, 꽤 오래도록 엉킨 채 그대로였다.

이후 VIP 시사회 자리에까지 초대되어 처음으로 완성된 영화를 봤다. 감독님들은 이 영화가 나의 마음에 가닿았다면 그 목표치를 해낸 거라고 말해주었다. 그제야 몸속 어딘가에 고였던 것들이 녹아내렸다. 이렇게 대중적이지 않아도 괜찮은 거냐, 묻는 나의 어깨를 두드리며, 감독님들은 김비 씨가 좋았다면 우리도 좋다고 말해줬다. 나는 진심으로 이 영화가 좋았다고 말했다. 그리고 정말 고맙다고 덧붙였다.

가끔 신랑은 나에게 왜 사람들을 만나지 않고 사느냐고 묻곤 하는데, 그때마다 일일이 그 이유를 설명하지는 않는다. 사실 그 이유를 설명할 언어가 없다.

"트랜스젠더인 줄 몰랐어요!"라는 말에 위로를 받으면

서 동시에 상처를 받고, "당당해라"라는 고마운 말 앞에
더 위축되고 마는 나 자신을, 도저히 설명할 방법이 없다.
가끔 사람들에게 내가 먼저 트랜스젠더로 사는 뻔뻔함을
토하듯 뱉어내기는 하는데, 그러고 나면 혼자 감내해야
하는 공허함은 또 다른 숙제가 되어 차곡차곡 쌓인다.

수술을 한 지 어느새 20여 년이 흘렀다, 누군가 "쉰이
되었는데 아직도 그러고 있어요?" 하고 묻는다. 나도 가
볍게 대꾸하고 싶은데, 그게 잘 안 된다. 아니면 그런 고
민할 필요 없는 당신이 하는 말이야말로 이기적이고 폭
력적인 걸 아느냐고 소리쳐야 하는데, 그 또한 생각만 할
뿐이다. 그들이 내 편에 선 고마운 사람들임을 알기에 최
소한 그래서는 안 된다는 것을 안다. 여전히 나는 여기 이
세상의 언어로는 규정할 수 없는 존재로 살지만, 그럼에
도 다행히 나답게 살고 있다.

언제나 답을 찾는 일은 내 몫이다. 이 사회가 나에게 질
문을 할 때마다, 나는 그 말들을 씹어 삼킨다. 어떤 말이
든 꾸역꾸역 씹어 배 속에 밀어 넣는다. 김비

질문 속의 권력

그녀와 연애를 시작한 뒤, 나는 SNS에 그녀와의 교제 사실에 대한 글들을 종종 올리곤 했다. (더 정확하게 말하면 여자친구 생겼다고 자랑하곤 했다) 숨길 일도 아니고 그녀를 만난 이후 나는 참 행복하고 고마웠기에 사람들에게 자랑하고 싶은 마음이 컸다. 다만 그녀를 소개하면서 트랜스젠더라는 단어는 가급적 안 쓰려고 노력했다. 그 단어가 가진 선입견 때문에 그녀가 힘들어하는 게 싫었다. 인터넷에 김비라는 이름만 검색해봐도 그녀가 어떤 사람인지 알 수 있기 때문에, 짝지에 대해선 짧게 소설가라고 소개하곤 했다.

트랜스젠더라는 단어는 사람들에게 자극적인 호기심을 불러일으킨다. 지금까지 짝지는 그 단어로 얼마나 많은 질문들을 마주해야 했을까. 자신의 존재에 대해서 늘 설명을 해야 한다는 것은 피곤한 일이기도 하고, 무엇보다 그 사람에게 상처가 된다. 그것만 생각해봐도 그녀가 왜 많은 사람들과의 교류에 심드렁한지, 집에서 글만 쓰는지 유추해볼 수 있다. 다 알면서도 가끔은 짝지에게 집에만 있지 말고 밖에 나가서 사람들도 만나보라는 말을 했었다. 이제는 정말 그런 말을 하지 않으려고 한다.

짝지와 공동 저자로 두 권의 책이 나오다 보니, 인터뷰를 하는 경우도 생기고, 책 홍보 기사를 써주시는 기자 분도 있었다. 우리는 혹시나 자극적으로 제목이 뽑히거나 내용이 다루어지더라도 감수하자고 마음먹었다. 그런데 북토크에 참여한 어느 기자 분이 글을 너무나 조심스럽고 배려 있게 써주셔서 감동을 받기도 했다.

사람들은 질문 속에 권력이 존재한다는 걸 잘 모른다. 누구에게는 자신의 사소한 궁금증을 풀려는 질문이, 누군가에는 자신의 존재를 설명해야 하는 일이기도 하고 수십 번 수백 번 같은 말을 되풀이하는 일이기 때문이다. 교장선생님은 학생에게 편하게 아무렇게나 질문을 하지만, 학생은 교장선생님에게 그렇게 질문하기가 힘들다. 위계가 존재하기 때문이다. 질문은 서로 신뢰와 관계가 쌓인 뒤에 조심스럽게 천천히 할 수 있는 것이지 초면에 이것저것 물어보는 것은 예의가 아니다. 기혼자(다수)들이 쉽게 비혼자(소수)들에게 왜 결혼을 안 하는지 질문하곤 한다. 단 하나의 이유 때문에 비혼을 선택하는 것이 아니기에 명료하게 설명을 하기 어렵다. 무엇보다 나름의 신중한 결정에 답을 요구받는 그 자체가 때론 무례한 일이기도 하다. 성소수자와 우울증을 겪는 사람도 소수의 사람들이다. 그들에게 쉽게 질문을 하고 답을 요구하는 것, 그리고 당사자가 민감해하는 단어를 함부로 쓰는 일도 상처를 줄 수 있다. 부디 앞으로는 짝지가 그런 무례한 일을 적게 겪기를 진심으로 바란다. 박조건형

행복하자,
아프지 말고

정유 회사에 다닐 때 폐유를 수거하러 울산으로 외근을 갔다. 드럼에 담긴 기름을 우리 회사에서 정제할 수 있는지 하나하나 체크하고, 폐기해야 하는 드럼에는 락카로 가위표를 했다. 지게차로 드럼을 싣고 밧줄로 트럭에 고정시킬 때였다. 한쪽을 단단히 묶고 상대편으로 밧줄을 넘기고 난 뒤 바퀴를 밟고 올라섰는데, 갑자기 쿵!!! 내가 바닥으로 떨어졌다. 우리 차 옆에 컨테이너 트럭이 있는 바람에 윙바디*트럭의 날개를 완전히 펴지 못하고 45도 정도로만 펴둔 상태였다. 하필 내 머리 위에 반만 펴진 날개가 있었는데, 나는 그런 줄도 모르고 거기에 머리를 부딪친 것이었다. 머리에서는 피가 흘러내리고 주변에 있는 사람들도 어찌할 줄 몰랐다. 대충 흐르는 피만 닦고 근처 병원으로 갔다. 찢어진 머리를 봉합하기 위해 여덟 바늘 정도 꿰매고 CT를 찍었다. 의사는 고개를 갸웃하며 CT에서 달걀 모양의 하얀 덩어리가 보이니 큰 병원에서 MRI를 찍어보라고 했다.

*탑차 중에서도 짐칸의 양 문이 마치 날개처럼 열리는 차량을 일컫는다.

MRI 결과 뇌수막종*으로, 대학병원 뇌신경센터에 가보라고 했다. 의사의 말대로 뇌신경센터에 전화해 예약을 잡고, 곧장 인터넷으로 뇌종양에 관한 책을 두 권 주문했다. 사실 뇌수막종이라고 진단을 받았을 때 그렇게 놀랍거나 당황스럽진 않았다. 당시엔 특별한 증상이 없었기도 했고, 뇌수막종이 그나마 뇌종양 중에서는 덜 위험하다는 점도 다행이다 싶었다. 게다가 우울증 때문에 죽고 싶다는 생각을 자주 했던지라 뇌종양이라는 진단이 특별하게 다가오진 않았다.

뇌신경센터에 가기 전에 일단 어머니와 짝지에게 이야기를 해야겠다고 생각했다. 어머니 집에 자주 들르거나 이야기를 많이 하는 편이 아닌데, 그날은 뇌수막종 이야기에 놀라지 않으시도록 하려고 다른 이야기도 한참을 나누었다. 현재 증상이 없으니 큰일이 아닐 거라 찬찬히 설명드렸다. 담담하게 내 이야기를 듣던 어머니와는 달리 짝지는 이야기하자마자 얼굴이 어두워졌다. 이야기도 많이 하고, 손잡고 같이 산책도 했지만, 짝지는 혹시나 우

* 뇌를 둘러싸고 있는 수막 세포에서 기원하는 종양.

리의 생활이 크게 흔들릴까 걱정인 모양이었다.

　병원에 가는 날, 이번에는 짝지와 함께 담당 의사 앞에 앉았다. CT와 MRI를 보는 그 시간이 정말 조마조마했다는 짝지와는 달리, 나는 그 현장을 그림으로 담고 싶은 마음만 들었다. 다행히 뇌수막종 주변이 딱딱하게 석회화되어 있다고, 6개월 뒤에 다시 사진을 찍어 비교해보자고 했다. 6개월 뒤에도 종양이 자라지 않았고, 1년 뒤 다시 사진을 찍었을 때도 마찬가지였다. 지금은 더 이상 병원에 가지 않고 머릿속에 석회화된 종양이 있다는 것만 인지한 채 살고 있다.

　머리에 난 상처는 아무는 데 일주일 정도가 걸려 그동안 잠시 회사를 쉬려고 했다. 하지만 회사에서는 여유 인력이 없다는 이유로 출근을 요구했다. 야외에서 하는 작업은 언제나 고되었고 매년 여름을 보내기가 너무나 힘들었다. 무엇보다 머리를 다쳤는데 나오라는 회사에 섭섭하기도 했다. 그래서 회사를 그만둬볼까 생각을 했다. 그 생각이 이렇게 진짜 현실이 될 줄은……. 정말 그때는 몰랐다. 박조건형

어김없이 찾아오는
우기*에 맞서는
우리의 이야기

* 신랑 박조건형이 우울증을 앓는 기간을 일컫는다.

신랑의 청탁

어느 날 그가 뜬금없이 원고 청탁을 했다. (원고료는 없었다.) 글을 쓰며 살고 있지만, 그가 나에게 글을 부탁한 건 이번이 처음이었다. 자신의 우울증에 대한 독립출판물을 낼 예정인데 주변 사람들의 목소리가 필요하다며, 글을 하나 써달라고 했다. 그는 질문지에 답을 달면 되는 간단한 일이라고 했는데, 막상 질문지를 열어보니 쉽게 답을 달 수 있는 질문들이 아니었다.

부끄러운 고백인지 모르겠지만, 나는 청탁받는 일에 익숙지 않다. 온 마음으로 버둥거리며 적다 보니 내가 봐도 내 글은 좀 버겁게 읽힌다. 그러다 보니 종종 청탁하는 사람의 의도와 내 글 사이의 간격을 잘 맞추지 못한다.

가만히 생각해보면 나는 내 글에 갇혀 있는지도 모른다. 내가 갇힌 곳이 정말 글인지, 기억인지, 트라우마인지는 모르겠지만 어쨌든 글 속의 나는 갑갑하고, 모호하다. 누군가 내 글을 받아들일 수 있도록 고치다 보면, 모호하고 흐릿한 나는 지워져 결국 글 속에서 사라진다. 내가 없는 글에 내 이름을 적어 보내놓고, 나는 잠시 쓸쓸해지고 멍해진다. 신랑이 건넨 질문들 앞에선 더욱 그랬다.

Q1. 신랑의 우울증을 처음 마주했을 때 어떤 생각이 들었나요?
Q2. 아내로서 우울증을 앓고 있는 신랑과 사는 일은 어떤가요?
Q3. 그럼에도 신랑을 삶의 은인, 보물이라고 자주 말하는 이유는 무엇인가요?

　　：

열 개 남짓한 질문이지만 열 개의 답변만으로 해결되는 질문이 아니었다. 머릿속으로만 굴리던 글 타래는 쉽게 뻗어나가지 못한다. 애초부터 신랑은 제3자로서의 나와 주변인들의 목소리를 담으려는 의도였겠지만, 나는 제3자일 수 없으니 결국 글을 쓰는 발밑이 붕 뜬다.

학교 다닐 때 썼던 반성문 이후로 정말 처음 느껴본 감각이었다. 아무리 생각해도 너무 난해했다. 시간이 흐르자 신랑은 독촉을 하기 시작했다. 왜 그렇게 간단한 답변을 써주지 않고 있나, 다른 사람들은 이미 전부 원고를 보내왔다, 하며 나를 압박했지만 아무리 여러 날을 고민해보아도 글을 쓸 자신이 없었다.

사랑하는 사람의 우울증 앞에 선 느낌을 한마디로 정의하는 일은 불가능하다. 벌써 11년째 그의 우울과 같이 살고 있지만, 마음속에 어떤 말들이 피어날수록 그 말들은 해선 안 되는 말이라는 걸 깨우치고 만다. 왜라는 물음을 포기하고 나면 사는 일은 쉬워지지만, 그러고 나면 멀리 가지 못한다는 걸 알고 있다. 몸이야 멀리 간다고 하더라도, 제자리를 돌고 있는 듯한 기시감을 떨치지 못하게 된다는 것도.

신랑은 이따금 이렇게 무기력하고 아무것도 하지 못하는 삶이 무슨 삶이냐고, 자책하듯 내뱉는다. 나는 그때마다 단호한 목소리로 그것 역시 또 다른 삶이라고 말한다. 이 세상에 얼마나 게으르고 무책임한 삶이 많은지 이야기하고 최소한 당신은 무던히도 애를 쓰고 있으니 게으른 삶도 아니라고 덧붙인다.

삶이란 포기해버리면 정말 그 순간 끝나지만, 포기하지 않는다는 마음가짐 하나만 붙들고 있어도 그 의미가 완전히 달라진다. 사실 그 마음을 스물네 시간 아등바등 붙들고 있을 필요도 없다. 어떤 때는 힘을 뺐다가, 장난감처럼 굴렸다가, 뒹굴뒹굴 끌어안고 늘어졌다가, 그렇게 지내면 된다. 무슨 짓을 해도 상관없다. 어떤 꼴이더라도, 어떤 형편없는 나 자신이더라도, 포기하지 않으면 삶이 된다. 그 누구의 삶보다 더욱 귀한 삶이 된다. 김비

나의 우울증에 대한 독립출판물

결국 만들지 못했다.

나의 우울증은 한때의 우울증이 아니라 29년을 함께 해온 것이다 보니 앞으로도 함께하는 동반자로 받아들이려 한다. 그렇게 마음을 먹지만 솔직한 심정으로 우울증은 싫은 동반자이고 나를 괴롭히는 동반자이다. 우울증은 자신의 의지로만 혼자서 이겨낼 수가 없다. 그래서 관련 책이 나올 때마다 반가운 마음에 모두 구해 읽었다. 하지만 역시나 우울증을 오래 겪고 있는 사람들의 현재진행형의 이야기이지, 극복 내용은 없었다.

문득 영화 속에서 봤던, 트라우마를 겪은 이들이 둘러앉아 이야기를 나누던 모임이 떠올랐다. 우울증 자조自助모임을 열어보면 어떨까? 사람들이 모일까? 이 모임이 서로에게 위로가 될까?

SNS로 우울증 자조모임 참석자를 모집하니 생각보다 많은 분들이 신청을 해주셨다. 평소 좋아하던 책방 카프카의밤에서 장소를 무료로 대여해주신 덕분에 사람들과 편하게 이야기를 나눌 수 있었다. 우울증을 겪는 사람들끼리 모임을 할 때 장점은 듣는 사람이 불편할까 봐 말을 가려할 필요 없이 솔직하게 자신의 이야기를 할 수 있다는 것이다. 각자가 겪은 우울증은 다 다르지만, 우울증의 메커니즘은 비슷하기 때문이다. 물론 서로의 어두움이 부정적으로 영향을 미치지 않을까, 하는 염려가 없었던 것은 아니다. 하지만 모두 자기의 생 안에서 치열하게 싸우고 있는 우울증에 대해 이야기했던 그날의 시간은 서로에게 위로가 되었다.

성공적으로 자조모임을 하고 나니 나의 우울증 이야기를 글로 정리해보고 싶었다. 나의 이야기만으로는 분량이 적기도 하고, 다른 사람이 나의 우울증을 어떻게 보고 있을까 궁금하기도 해서 가까운 지인들에게 질문지를 돌렸다. 물론 짝지에게도 질문지를 건넸다. 몇몇 분들은 자신만의 답을 담아 보내주셨는데, 짝지는 아직 소식이 없다. 내가 짝지에게 어려운 질문을 했구나 싶었다.

내가 우울증 상태일 때 어떤 생각을 하는지 짝지에게
모두 이야기하진 않는다. 계속 걱정을 안겨줄 수밖에 없
는 끔찍한 생각들이라 내 마음속에만 담아둔다. 짝지 또
한 나에게 모든 것을 말하지는 않고, 스스로 감당하는 부
분이 있을 것이라고 생각한다. 가까운 사이일수록 어려
운 질문이라는 것이 있는데⋯⋯. 그걸 알아차리지 못해
짝지에게 미안한 마음이 들었다. 박조건형

말과 칼

칼이 말이 될 때*

사람들 앞에서 내 이야기를 하는 자리에 서면, 어쩔 수 없이 발가벗겨지는 기분이 든다. 그럼에도 그런 자리를 피하지 않는 건 당사자의 입으로 발화된 성소수자에 관한 삶의 증언들이 더 많이 필요하다고 믿기 때문이다. 어떤 말은 한 권의 책보다 더욱 명징하게 진실에 가닿는다.

최근 부산대학교에서 강연을 하게 되었을 때의 일이다. 나는 그동안 강연 자리에서 반복했던 내 삶에 대한 서사를 대폭 수정해야 할 시기가 왔다는 걸 깨달았다. 예전의 나는 그 자리에서 내가 겪었던 성별에 대한 이분법적 인식을 강요했던 시대, 뛰어넘어야 했던 개인적 혼란, 수술의 과정과 호적정정의 과정 그리고 당당한 삶을 놓치지 않기 위한 애쓴 부분에 관해 주로 말하곤 했다. 하지만 이제 그 모든 이야기의 근간인 성별에 대한 인식 자체를

* 홍성수 교수님의《말이 칼이 될 때》의 제목을 변형했습니다.

125

재검토해야 할 시대가 도래했다는 생각이 들었다.

강연 요청을 받았던 순간부터 나는 질문을 받게 되겠구나 예감했고, 약속이나 한 것처럼 강연 후 첫 번째 질문자는 바로 그 질문을 나에게 던졌다. 그분의 질문은 이러하다. 내 삶을 전환할 만큼 결정적이라고 판단했던 내 안의 여성성(혹은 지금까지 나를 포함한 MTF 트랜스젠더들이 반복적으로 말해왔던, 남성의 성기가 드러내는 육체적 성별과는 대립되는 의미에서의 정신적 성별로서의 여성성)이 실은 억압된 여성성이지 않았느냐 하는 것이었다. 즉, 남자 중학교와 남자 고등학교를 나온 내가 그 속에서 느꼈던 그들과는 괴리된 감각과 인식 그 모두가, 실은 여성성이 아니라 단순히 내향적 성격의 일종일 뿐이지 않았느냐는 물음 말이다. 그때 내가 인지했던 여성성이 실은 여성의 것이 아닌, 당시의 나 역시 벗어날 수 없었던 강요되고 억압된 성차별적 인식의 결과물이 아니었느냐는 바로 그 질문이었다.

나는 황급히 육체적 이질감이 커 수술을 했노라 말하

며 질문을 비껴갔지만, 그의 질문에 대한 적절한 대답이 되지 않았다는 걸 알 수 있었다. 다만 수술을 하고 나서 느꼈던 자유로움을 말하고, 지금 내 안에 충만한 안정감을 언급했다. 다행히 나에게는 수술이 적절한 치료(나의 생존에 필요한 것이었음으로 치료라고 생각한다)였으며, 총체적인 의미에서 어찌 되었든 여성에 가깝기는 한 모양이라고 얼버무렸다.

강연이 모두 끝난 후, 집으로 돌아오는 내내 그 질문은 가시처럼 목 어딘가에 박혀 좀처럼 내려가지 않았다. 며칠을 그렇게 보냈다. 지금의 나를 만든 여성이란 성별이 결국 사회가 강요한 가짜 여성일수도 있다는 사실에 나라는 존재의 의미는 어디에서 찾을 수 있겠느냐고 되묻는 그 물음이 내내 나를 쫓아다녔다.

한 가지 분명한 건 여성으로 살고 있는 내 삶에서의 이질감은 남자로 살 때와는 비교도 할 수 없을 만큼 훨씬 덜하다는 것이다. 지정 성별로 그 어떤 불편함이나 이물감을 느낄 필요 없는 여성이나 남성이 스스로에게 느끼는 자연스러움만큼이나, 내게는 여성으로 살고 있는 지금의 삶이 가장 자연스럽다고 느낀다.

그러나 트랜스젠더인 나 역시 여성성이라는 허울이 얼마나 피상적이며 또 억압적인 역사의 결과물인지 잘 알고 있다. (비트랜스젠더 여성이 자신이 알고 있던 여성성이 피상적이고 억압적이었던 시간의 결과물이자 허울이라는 사실을 자연스럽게 깨우치는 과정과 똑같다고 생각한다)

내가 온 생애를 걸었던 어떤 결정이 완벽한 어리석음일 수 있다는 것 또한 알고 있다. 그러나 나는 지금의 나를 조금도 후회하지 않는다. 이 삶 속에서 나는 비로소 가장 큰 안정감을 찾았고, 나에게 주어진 자리를 찾았다고 확신한다. 비트랜스젠더 여성이나 남성이 기본값으로 갖고 태어나 혼란을 느낄 필요가 없었던 정도의 안정감에는 미치지는 못하겠지만, 내 삶에서 가장 최대치의 평온을 여기 이 자리에서 비로소 획득했다고 확신한다. 김비

말이 칼이 될 때*

우울증을 겪으며 살아온 사람에게 페미니즘은 자기 존재와 자기 역사를 긍정하는 치유의 철학으로 다가온다. 30대 초반에 우연히 만났던 페미니즘은 새로운 세계에 눈뜨게 했고 그 뒤론 혼자서 쭉 공부하고 있다.

자주는 아니지만 페미니즘을 공부하는 남성의 입장에서 강연 요청을 받을 때가 종종 있다. 한번은 지방에서 열리는 강연에 초대를 받았는데, 나 말고도 유명한 강사 분도 오시는 자리인지라 짝지에게 여행 삼아 같이 가면 어떠냐고 제안했다. 짝지는 흔쾌히 좋다고 했고, 그렇게 우리는 함께 강연장으로 갔다. 내 강연이 끝나고 그 유명한 강사님의 시간이었다. 나는 그분의 강연을 두 번째로 듣는 것이었고, 짝지는 처음이었다. 강연을 하는 중에 트랜스젠더라는 명칭이 웃음의 소재로 쓰이는 것을 듣고 순

---

* 홍성수 교수님의 《말이 칼이 될 때》에서 제목을 가져왔습니다.

간 얼굴이 굳어졌다. 힐끔 짝지를 보니 그녀는 나보다 더 얼굴이 굳어져 있었다. 계속 그 자리에 있는 게 짝지에게 모욕적이라는 생각이 들어서 중간에 자리에서 일어나 담당자에게 갑자기 사정이 생겨 가봐야 한다고 말씀드리고 자리를 떴다.

그분은 참석자가 모두 비트랜스젠더 여성이어야만 가능한 유머를 했고, 순간 짝지는 이 자리에 없는 사람으로 취급되었다. 물론 강연 중에 손을 들어 당신의 발언이 잘못되었다고 사과를 요구할 수 있었다. 하지만 그 순간 청중의 시선이 자신에게 집중되는 걸 짝지가 바라진 않을 것 같았다. 그저 조용히 넘어가는 게 짝지를 위하는 방법인 듯하여 침묵을 이어갔다. 대신 집에 와서 그 강사님께 메일을 보냈다. 페미니즘을 오래 공부한 분이고 아마 실수로 그런 발언을 했을 것이며 문제 제기를 해도 알아들으실 분이라 생각해서 정중하게 항의 메일을 썼다. 생각했던 대로 강사님은 두 번이나 답장을 보내셔서 너무나 미안하다고 하셨다.

SNS에서 흔히 볼 수 있는 페미니즘 담론 중에 트랜스젠더를 둘러싼 이야기들이 있다. 최근 자신의 정체성을 세밀하고 정확하게 규정하는 분들이 많은 것 같다. 그들의 생각이 틀렸다고 생각하진 않는다. 하지만 자신의 정체성을 꼭 규정화하지 않는 사람도 있다는 것을 알았으면 좋겠다. 짝지는 트랜스젠더 여성이지만, 내게는 보통 사람과 다를 바 없는 소중하고 예쁘고 귀한 사람이다. 나에게 소중한 사람을 이쪽이다 저쪽이다 규정하려고 하지 말았으면 좋겠다. 박조건형

짝지 노릇

이번 우울증은 상담 선생님도 트리거*를 잘 모르겠다고 하셨다. 꽤 오래 지속되는 우울증 때문에 힘든 요즘이다. 그래도 짝지에게 민폐는 되지 말아야지 하는 생각에 매번 설거지와 분리수거만 억지로 하고 있다.

그날은 짝지가 강연을 하러 가서 저녁을 혼자 먹어야 했다. 뭘 해 먹기가 귀찮았지만, 반찬을 만들던 짝지 생각이 나서 냉장고 문을 열었다. 냉동 밥이 없었다. 쌀을 안치기엔 귀찮고 즉석밥을 사러 가자니 번거로웠다. 그냥 라면을 끓여 먹기로 하고 가스레인지 점화 손잡이를 돌리는데, 틱틱틱 소리만 날 뿐, 불이 붙지 않는다. 낮까지만 해도 됐었는데. 결국 그날은 시리얼에 우유를 부어 먹었다.

강연을 마치고 돌아온 짝지에게 가스레인지가 켜지지 않는다고 말했다. 짝지는 에너지를 많이 썼는지 기운이 없었다. 내일 알아보자고 말했는데, 짝지는 피곤함에도

* 우울증을 촉발하는 사건이나 경험.

가스 회사에 전화해 상황을 설명했다. 옆에서 이야기를 전해 들으며 가스누출차단기를 검색했다. 사진 속 차단기와 우리 집 차단기 밸브가 달랐다. 늦은 저녁 가스 담당자분이 오시더니 가스가 새는 건 아니고 차단 센서가 문제라며 관리실에 문의하라고 했다. 일단 불을 쓸 수 있게 고정된 차단기 밸브를 풀어주셨다. 곧바로 가스레인지에 불이 들어왔다.

다음 날, 우울증 상태지만 이런 거라도 해야지 싶어 풀린 차단기 밸브 사진을 찍었다. 관리실에 내려가 관련 업체와 통화를 했다. 자초지종을 말하니 새 가스누출차단기 밸브를 설치하길 권했다. 당장 필요한 것이란 생각이 들지 않아 그대로 전화를 끊고 집으로 돌아왔다.

짝지는 화를 잘 내지 않는 사람이다. 자신이 화를 내면 스스로 그걸 감당하지 못한다는 것을 알기 때문에 더 화를 내지 않는다.

가장 가까운 사람인 신랑이 하루 종일 우울증 상태로

있는 걸 보는 심정은 어떨까? 나의 모습을 참고 있는 것은 아닐까? 늘 나를 응원하고 장난치는 그녀이지만 그것에도 한계가 있지 않을까?

우울증 상태였지만, 그녀를 실망시키지 않기 위해 끙끙거린 하루였다. 박조건형

그대의 우울까지
안아줄게요

혼자서 포옹

신랑이 직장을 그만둔 지는 꽤 됐다. 회사를 다니던 때의 그는 언제나 스물네 시간의 무게에 잔뜩 짓눌린 모습이었다. 매번 힘겨운 우울증의 심연을 오르내리는 중이었지만, 새벽 여섯 시의 출근은 빼먹지 않았다. 당장이라도 그만둘 수밖에 없을 만큼 힘겨워하면서도, 그는 안간힘을 쓰며 벌써 여러 해를 육체적으로 또 정신적으로도 고된 일을 해내고 있었다.

그랬던 그가 기어이 회사를 그만둬야 할지도 모르겠다고 했을 때, 나는 힘들다면 그만두라고 했다. 우리 두 사람 먹고사는 일쯤은 어떻게든 해나갈 수 있는 일이라고 그를 다독였다. 그런데 그는 바로 다음 날 마음을 바꾸어 계속 출근을 했고, 그러면서도 다니는 직장의 위태로움에 관해 말하며 힘겨운 혼자만의 투쟁을 계속해나갔다.

우울증이 주는 심리적인 부담과 육체적인 노동의 힘겨움까지. 어쩌면 그는 회사에 다니는 내내 궁지에 내몰린 심정이었을지도 모른다. 그러다 온 힘을 다해 발버둥 쳐 삶의 수면으로 올라와 가까스로 숨 한 번 들이쉬고, 또다시 꼬르륵 곤두박질치고 말았겠지.

그와 함께 있는 시간이 많아지면서 나는 상상만 했었던 그의 우울증을 오롯이 지켜보고 있다. 그리고 함께 사는 사람으로서, 그가 스스로 결정하고, 자신만의 안정을 찾을 수 있도록 하는 일이 내가 할 수 있는 유일한 것이라고 믿는다.

그는 오늘도 자신의 방에서 일찍 잠을 청한다. 지난번 다친 머리는 괜찮은지, 석회화되었다는 종양은 더 이상 그를 괴롭히지 않는지……. 나는 그의 방 쪽으로 돌아눕는다. 벽 하나를 사이에 두고 조용히 그의 몸부림 소리를 듣는다. 그의 몸부림이 새근새근 잠에 빠진 숨소리로 바뀔 때까지 귀를 기울인다.

그는 그의 방에서, 나는 나의 방에서, 우린 그렇게 각자의 위태로움을 있는 힘을 다해 끌어안는다. 김비

결국 상담 선생님을 찾아갔다

상담 선생님에게도 짝지에게도 이야기하지 않는 것이 있다. 바로 자살에 대한 마음이다. 자살은 남겨진 이들에겐 끔찍한 일이지만, 늘 지옥을 버티며 사는 내게는 유일한 희망이기도 하다. 두 사람에게 이야기를 하지 못하는 이유가 다른데, 선생님에게 말하지 못하는 것은 내가 정말 자살을 원할 때 방해당할까 봐 하는 마음에서이고, 짝지에게 털어놓지 못하는 것은 그녀가 실망하고 떠나버릴지도 모른다는 두려움에서이다.

괴로운 일상을 보내고 있던 중 결국 상담 선생님께 요즘 자살에 대한 생각을 자주 한다는 이야기를 하고 말았다. 선생님은 내가 건강한 어른이고 계속 버틸 수 있는 사람이라 말해주셨다. 그리고 다음에는 자살에 대한 생각도 편하게 이야기해달라고 했다. 포기하지 않을 것이니 오래 같이 가보자는 상담 선생님이 말이 꽤 오래 마음에 남는다. 박조건형

나의 우울증이
타인에게
도움이 될 때

내 SNS 피드에 아무것도 올라오지 않는 것을 보곤 내 상태가 말이 아니구나, 짐작하는 분이 있을 것이다. 이번엔 유독 수면 위로 올라오지 못하고 계속 바닥을 치고 있다. 2019년 여름인 6월부터 시작된 이번 우울증은 유독 힘들었다. 11월에 잠시 괜찮아지더니 다시 깊이 내려가기만 한다.

내 블로그엔 우울증 자조모임에 대한 글이 하나 있다. 두 번째 우울증 자조모임을 추진하다가 인원이 너무 적어서 취소를 했는데 그때 올려둔 글이다. 까맣게 잊고 있었는데, 포털사이트에서 우울증이나 자조모임을 검색하면, 내 글이 나오는지 종종 댓글이 달린다. 연락처를 알려주시면 다음 모임을 준비할 때 연락드린다고 댓글을 다는데, 오늘 어떤 분에게서 전화가 왔다. 상태가 너무 좋지 않아 전화를 받지 않았다. 그랬더니 곧장 통화를 하고 싶다고 카톡이 왔다. 만약 집에 누워 있었더라면 연락을 안 드렸을 것 같은데, 그때는 상담을 받으러 다녀오는 길이라서 나온 김에 그분에게 전화를 드렸다. 전화를 하고 싶다던 그분은 우울증과 불안장애를 가지고 계셨다. 많이 답답하신 듯했고 전화로 하기엔 이야기가 너무 길어질 것 같아서 오늘 저녁에 뵐 수 있냐고 물었더니 그분도 기꺼이 시간을 내겠다고 했다.

그분은 성장과정에서 생긴 트라우마로 불안장애가 있었다. 어릴 때 극복이 된 줄 알았는데, 육아를 하게 되면서 남편을 때리고 물건을 집어 던지는 증상이 나왔다고 했다. 남편의 권유로 병원에 갔더니 심한 우울증이라는 진단을 받았고, 그래서 지금은 개인 상담을 받으며 약도 먹고 있다고 하셨다. 나는 불안장애는 없었기에 그 증상이 어떤 거냐고 여쭤보았다. 그분은 영화에서 나오는 장면처럼 주변 사람들은 바삐 움직이는데 혼자만 꼼짝도 못하는 그런 느낌이라 했다. 가슴이 답답하고 숨이 쉬어지지 않아 죽을 것 같은 기분이 든다고도 했다. 나는 어떤 상황일지 상상이 되었다. "건형 님은 불안장애는 없어서 부러워요"라고 하는 말에 고개가 끄덕여졌다.

그분은 최근 상태가 많이 악화되어 먹는 것도 자는 것도 힘들어졌고 결국 나에게까지 연락하게 됐다고 했다.

그래도 오늘 나를 만나 같이 밥도 먹고 이야기도 나누니 마음이 편해졌다고 말씀해주셨다. 우리 집에는 우울증을 겪은 사람들의 경험을 실은 책이 많았다. 그래서 그분께 조금이나마 도움을 드리고 싶어 책을 빌려드리기로 했다.

나의 우울증이 누군가의 우울증에 도움이 돼서 기분이 좋으면서도 짠하고, 힘들면서도 뿌듯한, 이상한 밤이다.

박조건형

'형수님'이라는 말을
듣게 될 줄은

수술을 하고 호적정정을 하면서 많은 것들이 바뀌리라
예상했지만, '형수님'이라는 말을 듣게 될 줄은 정말 꿈에
도 몰랐다. 서류에 기록된 성별을 나 자신에 맞추어 바꾼
다는 것이 그저 숫자 하나의 문제일 리 없다는 건 알고 있
었지만, 처음 '형수님'이라는 말을 들었을 땐 좀 낯설었고
또 뭉클하기도 했다. 어색했지만 나를 반기는 그 얼굴이
참 고마웠다.

우석 씨는 양산에서 소소봄이라는 카페를 운영하는 대
표이자 사회복지사다. 신랑과는 이미 형, 동생 하며 아는
사이였다. 신랑은 우석 씨에게 자신의 짝지로 나를 소개
했고, 그날 이후부터 그는 나를 '형수님'이라고 불렀다.
그의 카페는 양산 범어 신도시 근처에 있었는데, 1년여
전에 서원書院이라는 이름을 붙이고 자리를 옮겼다. 그렇
게 봄은 서원이 되었다.

소소서원에 갈 때마다 마을의 존재나 정체성에 관해
고민하는 한 사람을 만난다. 내겐 타인 혹은 이웃이 포용
과 이해를 위한 존재이기보다 오히려 그 반대의 의미였

던 적이 많았다. 나에게 마을은 별로 달갑지 않은 말이었
다. 결국 불편해지고 마는, 그래서 내가 먼저 물러서야 한
다고 생각했던 이웃이란 이름이 여기에 와서 처음으로
달라지기 시작했다.

지인이라고는 1, 2년 장거리 연애를 한 연하의 남자친
구가 전부인 도시에 내려와 살면서 나는 조금도 망설이
거나 두렵지 않았다. 나에게 마을이나 이웃은 언제나 두
려운 존재였지만, 나는 그 모든 사람들의 불편함이 의외
로 얄팍한 것이란 사실을 알고 있었다. 웃는 낯으로 다가
가고, 서로 사는 이야기 몇 마디 나누다 보면, 우리가 그
렇게 멀지 않음을 단박에 깨우치게 된다.
혼자가 아니라 신랑과 함께인 덕에, 나는 훨씬 더 자유
롭게 마을 속에 스며들었다. 그리고 누군가에겐 불편할
수도 있는 존재인 나에게, 환대해주는 주민의 모습을 가
르쳐준 게 바로 소소서원의 우석 씨였다.

신랑과 내가 함께 쓴 첫 책이 나오자, 우석 씨는 근사한
행사를 마련했다. 그날 우석 씨의 동반자인 이진 씨가 꽃

다발을 선물해주셨는데, 그 꽃다발이 너무 예뻐 한참을 끌어안고 쓰다듬었다. 그는 우리를 마을 작가라고 소개하며, 처음 뵙는 마을 분들과 인사를 나누게 하고, 이야기를 나눌 수 있게 해주었다. 우석 씨의 그 마음은, 한 마을에 들어가 누군가의 이웃이 되리라 상상조차 하지 않았던 나에게 판타지영화 같은 일들을 이루어주었다.

서원이라는 이름이 단순히 모이는 곳, 함께하는 곳, 배우는 곳이란 의미인 줄만 알았는데, 어쩌면 다른 의미인지도 모르겠다. 벌써 몇 년째 같은 마을 주민으로 그곳에서 또 다른 주민을 소개받고, 사람들과 어울리는 자리에 함께하면서, 나는 비로소 여기 이 마을의 주민이 되었다.

김비

3부

비 로 소
여기
이곳에

환대의
기억

이름을 부른다는 것

6, 7년 전 지금은 없어진 부산의 대안공간인 생각다방
산책극장에서 중학교 2학년이던 서영 씨(서영 '양'이 아니
다)를 만났다. '백수들의 실험실'이라는 또 다른 이름을
지닌 그곳에는 다양한 사람들이 초대되었다. 심지어 초
대되지 않은 사람도 그곳의 낡은 마루에 앉아 한나절 햇
볕을 쬐다가 조용히 돌아가기도 했다. 학생이기도 하고,
취업 준비생이기도 하고, 직장인이기도 하고, 예술가이
기도 하고, 성소수자이기도 한 그들에게 그곳은 아무것
도 요구하지 않았다. 원하는 때에 찾았다가 원하는 자리
에 앉아 원하는 만큼 머물다가 가면 되는 일이었다.

서영 씨는 자신의 또래 친구와 같이 생각다방 산책극
장에 들어왔다. 나는 아직도 그날 그 자리의 풍경을 기억
한다. 그곳에 모인 사람들은 대부분 갖가지 이유로 백수
가 된 이들이었고, 그날 아마도 열다섯 나이에 그곳을 찾
은 그녀를 향해 모종의 부러움, 질투 혹은 존경의 눈빛을

보냈던 것 같다. 그리고 우리는 언제나 그랬듯 책을 읽거나 책에 대해 이야기했고, 우울을 털어놓거나, 같이 끼니를 때웠으며, 정말 쓸모없는 이야기를 나눴다. 몇몇은 흩어져 각자의 시간을 보내다가 돌아왔다.

그곳에서 우리가 주고받은 것은 충고나 조언 따위가 아니었다. 오히려 가만히 듣는 일이었고, 깊은 내면을 털어놓으며 자신을 새롭게 기록하는 자리였다. 우리는 사회적인 이름들을 배제한 채, 오직 눈앞에 보이는 사람 그 자체만을 환대하며 서로를 존중하고 그 시간을 즐겼다.

요즘 들어 나는 그때 그 시간이 자주 그리워졌다. 당시 마흔 중반인 나와 열다섯인 그녀가 '서영 씨' '김비 씨'라고 서로를 부르며 사는 이야기를 주고받고 서로의 삶을 응원했던 그 나날들이. 갖가지 이름들을 휘장처럼 두르고서, 등 돌린 서로를 비난하고 손가락질하는 이토록 당당하고 자신감 넘치는 시대 속에서 나는 왜 서영 씨의 작은 목소리만이 기억에 남을까.

2020년 올해로 딱 오십이 되던 첫날, 나는 일어나자마자 신랑의 목덜미를 끌어안고 "우와 오십이다!" 두 손 번쩍 들어 외쳤다. 신랑은 나의 오십에 박수를 쳐주었다. 누군가에게 50은 쓸쓸한 숫자인지 모르지만 나에게 오십은 트로피였다. 대단한 걸 이뤄서가 아니다. 온전히 살아남은 것만으로도 트로피였다. 나는 단 한 번도 제대로 된 오십을 꿈꾸어본 적이 없었다. 마흔까지는 아등바등 살지 않을까 추측하며 '트랜스젠더의 늙은 몸'이 어떤 것일지 도무지 가늠할 수 없었다. 알 수 없으니 두려운 것일 뿐이었다. 혼자든 누군가 곁에 있든 고립되거나 자학하지 않고 오십을 맞이할 수 있을까, 나는 도무지 확신이 서지 않았다.

　겨우 나이 오십에 이런 이야기를 하는 이유는 예순이나 일흔에 지금의 나를 온전히 지키고 있을지 자신이 없기 때문이다. 애초부터 그리 건강한 몸이 아니었고, 힘든 수술을 겪은 만큼 최선을 다해 나 스스로를 귀하게 여기며 지냈다고 믿었는데 그것만으론 부족했음을 최근에야 알게 되었다. 젊은 시절 느끼는 온전함이란 운이 좋았던 것일 뿐, 우리의 몸은 결국엔 자동차 바퀴처럼 닳아져버린다는 걸 이제야 알게 되었다. 고달픈 몸은 아무리 근사한 말을 붙이더라도 고달픔일 뿐이다. 그 고단한 마음 끝에 자책이나 회의감이 아닌 다른 것을 떠올릴 수 있을까.

휘어진 내 삶을 가만히 만져본다. 매끄럽지 않고 우둘투둘 돋아난 돌기로 가득한 모서리를 손바닥에 문질러본다. 날카로운 통증에 비명 지르지 않고 조용히 생각한다. 나를 아프게 했던 것들을 생각한다. 이름 없는 것들을 생각한다. 빼앗겼거나 지워졌거나, 모호하고 흐릿한 이름을 지닌 모두를 생각한다. 버티고 살아남은 그 안간힘을 위해 소리 없는 찬사를 마음속에 되뇌어본다. 김비

재밌는 사람들의 실험적 놀이

마쓰모토 하지메가 쓴 《가난뱅이의 역습》이라는 책이 있다. 자발적 가난을 지향하며 적게 벌고 남는 시간을 주체적으로 활용하여 재미있게 살고 있는 일본인들의 이야기를 담고 있는 책이다. 생각다방 산책극장은(이하 '다방') 이 책을 읽은 히요 씨와 이내 씨가 2011년에 만든 실험적인 공간이다. 여행을 좋아하고 틀에 박힌 것을 답답해하는 사람들이 자주 찾았으며 그러다 보니, 대부분이 백수나 프리랜서 그리고 대학생들이었다.

다방에선 사소한 놀이를 자주 했다. 많은 이들이 모이는 곳이 아니었기에 내밀하고 깊은 놀이를 할 수 있었다. 서로를 알지 못해도 쉽게 놀이에 참여했다. 예를 들어 10분 타이머를 켜놓고 두서없이 글쓰기를 한다. 맞춤법이 틀려도 좋고, 말이 안 되는 글도 상관없었다. 생각나는 대로 글을 쓰고 10분 뒤에 자기가 쓴 글을 낭독한다. 그리고 궁금한 점들을 질문하고 나눈다. 이름, 나이, 직업, 학교 등을 말하지 않아도 서로를 자세히 알 수 있는 놀이였다. 가끔은 두 사람씩 짝을 지어 다방 주변을 20분 정도 산책하고 오기도 한다. 이후 다시 모여서 산책 동안 나눈 대화를 통해 알게 된 상대방을 모두에게 소개한다.

비가 오는 날이면 다방에 모인 사람들끼리 파전을 만들어 먹고 제철 음식을 싸 와서 나눠 먹기도 했다. 가을이 되면 함께 김장을 담그고 각자 필요한 만큼 김치를 가져 갔다. 제주해군기지건설 반대 팸플릿을 함께 만들어 제주도에 있는 활동가에게 보내는 작업도 했다. 누군가 함께 영화를 보고 싶다고 하면 영화를 몇 편 선정해 영화제를 열기도 했다. 많은 사람이 참여하진 않았지만, 마음 맞는 소수의 사람들끼리 만든 자리라 더 즐거웠다. 이런 소박한 놀이를 자주 할 수 있었던 것은 누군가의 제안을 가볍게 여기지 않고 호응해주는 분위기가 있었기 때문이다. 처음에는 놀이의 참여자였지만 나중엔 나 또한 작은 놀이의 제안자가 될 수 있다는 것을 알게 된다. 이런 것들이 다방에서 가능한 놀이이자 문화였다.

다방은 재개발 때문에 2년 뒤 이사를 하고 또 2년 뒤 없어지게 된다.* 지금은 결혼해서 두 아이의 엄마가 되고, 인디가수가 되고, 출판 편집자가 되고, 작은 식당의 사장님이 되어 예전처럼 서로 자주 보진 못하지만 여전히 그때의 시간, 그때의 친구들을 소중하게 추억하고 있다. 그 시간 안에서 그들은 우울증 때문에 늘 불안했던 나에게 천천히 사는 삶도 괜찮다고, 그렇게 사는 사람들이 많지는 않아도 분명히 있다는 것을 알려주었다. 박조건형

---

* 생각다방 산책극장은 2015년 공간이 사라진 뒤에도 근처 공간에서 1여 년 동안 함께 모여 공동체 실험을 했다.

코로나 시대,
등록되지 못한 자의
슬픔을 나누다

문학평론가 김대성 씨는 매달 부산에서 '문학의 곳간' 이라는 모임을 연다. 열 명 남짓한 사람들이 한 권의 책을 읽고, 그 책을 둘러싼 이야기를 풀어놓는다. 이 모임이 특별한 것은 책이 아니라 책을 읽은 사람이 주인공이라는 점이다. 책은 한 권이지만, 그 자리에는 열 개의 이야기가 모인다. 한 달 동안 책을 읽었던 열 개의 삶이 한 자리에 펼쳐지는 셈이다.

모임은 언제나 사귐 시간으로 시작한다. 이때는 손에 들린 책에 관한 이야기가 아니라 "요즘 어떻게 지내나요?"라는 질문에 돌아가며 대답을 한다. "그럭저럭 지내요"와 같이 스스로의 삶을 흐릿하게 바라보는 대답을 경계해선지, 주최자 김대성 씨는 매달 사귐 시간에 이야기할 주제를 미리 말해준다. 지난 모임의 주제는 '쉽게 중단될 수 있지만, 중단하고 싶지 않은 일들'이었다.

네 살짜리 아이의 엄마이자 이주민 인권 단체에서 일하는 한 참가자는 한국 국적의 주민등록을 기초로 한 재난 지원 시스템으로 소외되는 이주민이 너무 많다고 이야기했다. 이번 코로나19 재난이 모두에게 피할 수 없는 현실인데, 등록되지 못한 자들에 대한 뚜렷한 논의가 없는 현실이 참담하다고 털어놓았다.

등록된 자에 관한 이야기가 나오자, 곁에서 듣고 있던 또 다른 사람이 말을 보탰다. 그는 나와 같은 성전환자지만, 나는 남성의 태생을 가진 여성이었고 반대로 그는 여성의 태생을 가진 남성이었다. 이제 서른을 눈앞에 둔 그는 마스크 하나 사러 가기조차 쉽지 않다고 했다. 겉으로는 남성의 모습을 하고 있지만 여자 신분증을 내밀 수밖에 없는 그는 번번이 곤혹스러운 상황을 맞닥뜨린다고 했다. 아직 호적상 성별 정정을 하지 않은 그가 마주하는 현실이다.

나 역시 호적정정을 하기 전, 남자 신분증을 내밀면 대부분 남편 것이 아니라 본인 것을 달라는 말을 들었다. 그 또한 당황스러운 일이었지만 반대의 경우에는 더 난감한 상황이 생기기 일쑤라고 했다. 겉모습은 평범한 남성인 그가 여성 신분증을 내밀면 대놓고 수상한 사람이나 범죄자 취급을 했기 때문이다. 우리는 같은 성전환자지만 정확히 반대편에서 스스로의 존재와 싸우고 있었고, 성별은 또다시 생각지 못한 방향으로 뒤섞여 소용돌이쳤다. 그와 나는 개인적 재난 속에서 살아남기 위해 애써왔지만, 범세계적인 바이러스 재난 앞에서 다시 우리의 일상은 천천히 뒤틀리고 있었다.

그에게 조금이라도 도움이 되는 이야기를 해주고 싶었지만, 입이 떨어지지 않았다. 등록되지 못한 자로 살아야 하는 삶이 어떤 것인지 누구보다 잘 알기에, 분명히 내가 해줄 수 있는 말이 있지 않을까 고민했지만, 결국 아무 말도 하지 못했다. 그저 건강을 잘 지켜야 한다는 말과 호르몬치료가 생각보다 훨씬 더 육체에 부담이 될 테니 누구보다 스스로를 지켜내는 삶을 이어가야 한다고 당부한 것이 전부였다.

필름 카메라와 책을 좋아하는 그는, 신분 확인이 필요 없는 일을 찾아야 하는 자신의 현재에 대해 말하며 쓸쓸한 미소를 보였다. 지난달부터 배달 일을 하게 되었고, 땀을 흘리며 뛰고 나면 정신이 맑아지는 것 같다고 했다. 그는 어디에서나 만날 수 있는 꿈꾸는 청년이었다.

두 아이를 키우며 서점을 운영해왔던 한 여성은 서점 운영 중단에서 오는 자영업자의 고통스러운 현실을 이야기했다. 하지만 서점 문을 닫고 아르바이트를 하면서 살고 있는 지금이 역설적으로 오히려 자신에게 맞는 삶인 것 같은 느낌이 들 때가 있다고 했다. 이제 막 서른이 된 유치원 교사는 가족과 같이 살아도 직장을 다니는 동안 모여서 제대로 저녁 한번 먹을 기회가 없었는데 이제는 매일 가족이 모두 모여 식사를 하고 있다고 했다. 저녁을 먹고 자연스럽게 엄마와 가까운 데로 산책에 나섰는데, 이전에는 그래본 적이 없었다는 걸 깨닫고서 눈물이 핑 돌더라고 했다.

예기치 못한 바이러스 때문에 각자 서로 다른 균열이 생긴 일상이지만, 그 속에는 여전히 나와 가족에 대한 마음들이 있었다. 이렇게 같은 자리에 모여 털어놓으니 바이러스 대피소에 무릎을 맞대고 모여 앉은 기분이었다.

당연히 누구도 해결책을 제시할 수 없었지만, 고개를 끄덕여주고 들어주고 응답하는 것만으로도, 무너진 일상이 어루만져진 느낌이었다. 김비

우울증과
오래된 친구

나는 수시로 찾아오는 이 우울증의 모습을 어떻게 설명해야 할지 몰랐다. 그래서 사람들이 걱정하고 관심을 가지며 다가오더라도 혼자 숨곤 했다. 이 모습을 알게 되면 그들이 실망하지 않을까, 떠나지 않을까, 하는 두려움도 늘 나를 따라다녔다.

우울증 때문에 대학을 중퇴하고 나니 사람을 만날 기회가 적어졌다. 그 당시의 나는 다른 사람과 교제하고 관계를 이어갈 줄 몰랐다. 그게 서툰 사람이었다. 조금만 힘든 일이 있거나 가누기 어려운 감정 상태가 되면 곧장 내 작은 골방으로 숨어 무기력하게 누워서 시간을 보내곤 했다. 그 습관은 지금까지 이어지고 있기도 하고.

30대가 되어서야 여러 동호회나 모임을 찾아다니며 나와 결이 맞는 사람들을 만나기 시작했다. 그 무렵 장소라라는 친구를 만났다. 한창 짝지와 연애하기 시작할 때 만난 친구이니, 지금까지 꽤 오래 인연을 이어가고 있는 몇 안 되는 친구이기도 하다.

소라가 말하는 내 첫 모습은 자신의 이야기를 솔직하

게 하며 엉엉 우는 덩치 큰 남자였다고 한다. 나는 그때도 지금도 여전히 잘 운다. 우울증을 29년째 반복해 앓는 남자가 그 안에 쌓인 한이나 억울함, 분노의 감정을 풀 방법이 울음 말고 뭐가 있겠는가. 소라는 그런 나를 편하게 대해줬다. 고민거리도 서슴없이 전하고, 나의 불안정함과 무기력에 대한 이야기도 할 수 있는 친구였다.

최근 소라에게 전화가 왔는데, 우울증을 겪고 있던지라 전화를 받지 않았다. 그랬더니 소라는 바로 짝지에게 전화를 해 가족과 함께 놀러 오겠다고 했다. 나는 말없이 어색한 모습으로 그들을 맞았지만, 소라는 그저 '오빠가 안 좋은 상태구나'라고 짐작했다고 했다.

어느 날, 소라의 출산 소식을 듣고 짝지와 함께 소라네 집으로 갔다. 아이들을 특별히 좋아하지도 않고 관심도 없던 나인데, 꼬물꼬물 아주 작은 아이인 하진이가 정말 신기하고 예뻤다. 소라는 우리 집에서 그리 멀지 않은 곳에 살고 있기도 하고, 자그마한 아이가 커가는 모습이 신기하기도 해서 혼자 혹은 짝지랑 같이 자주 놀러갔다. 하진이 기저귀도 갈아주고 똥 묻은 엉덩이도 씻겨주다 보니 간접적으로 육아 공부를 하는 느낌이었다. 누군가 커가는 과정을 그림으로 기록하면 좋겠다는 생각에 하진이 그림을 쭉 그렸다. 그림을 그린 지 1년쯤 되었을 때 동네 카페 여기저기에서 전시를 하기도 했다. 어느 날은 소라가 하진이랑 마트에 들렀는데 전시를 본 어떤 분이 하진이를 알아보고 예뻐해주었다는 말도 들었다. 내가 하진이 그림을 많이 그리긴 했나 보다.

나는 지금도 여전히 나의 우울증 때문에 그들이 실망하지 않을까 걱정한다. 주변 사람의 응원에도 반응하지 않고 스스로 마음의 문을 닫고 지내다 보니 그들조차도 내게 발길을 돌리지 않을까 두렵다. 그래도 나에게 친구가 있다는 사실에 위안을 얻는다. 평소 SNS에서 활발히 지내던 내가 아무 반응이 없거나, 그 어떤 연락에도 답이 없으면 걱정해주는 그런 지인들 말이다. 상태가 나아지면 다시 연락해 만나야겠단 생각을 한다. 소라도 하진이도. _{박조건형}

167

글 쓰고
그림 그리는

문학을 주었습니다

다른 사람들에겐 인생의 책이 있거나, 배움의 욕망이 있거나, 아니면 최소한 어린 시절 국어 선생님에게 칭찬 받은 이력이라도 있겠지만, 나에겐 정말 아무것도 없다.

책을 좋아했다고 말하기도 힘들고, 하다못해 그럴싸한 이야기를 지어내 거짓말을 하는 뻔한 재주조차 없었다. 학창 시절 나는 그저 60개 넘는 의자 중 맨 구석에, 있는 듯 없는 듯 지냈던 투명한 생물이었다. 그랬던 내가 글이란 걸 처음 쓰게 된 건 그저 억울한 마음에서였다.

아는 동생의 제안으로 홈페이지를 만들었다. 지금이야 개인 SNS나 블로그를 만드는 게 쉽지만, 그때는 개인이 홈페이지를 만들어 운영하는 게 만만치 않은 일이었다. 그렇게 공들여 만든 홈페이지에 들어갈 글을 썼다.

그 덕분에 내 짧은 생을 정리할 기회가 있었는데, 열흘

남짓한 시간 동안 잇따라 긴 글을 적어 내려가면서 나는 정말 많이 울었다. 온몸을 흔드는 깨우침도 아니었고, 소름 돋는 재미도 아니었다. 그저 나를 깨운 것은 바로 그 '울음'이었다. 그때부터 나는 글이라는 걸 적어 내려가기 시작했다. 배워야 한다는 생각도 없이, 좋은 글을 써야 한다는 욕망도 없이, 쏟아지는 것들을 받아 나열하는 일이 바로 나의 글이었다.

처음 내 글이 포털사이트에 기록된 때가 1997년으로 어느새 20여 년이 훌쩍 넘었다. 나는 여전히 쏟아내듯 글을 쓰고, 그걸 단정하게 늘어놓는 일조차 제대로 하지 못한다. 누군가 이건 좋은 문장이 아니라고 말하면 그제야 너저분한 글자를 몇 개 지운다. 그러면 너무 단정해진 문장 앞에서 '이건 아닌데……' 하며 지워진 자리에 한참 동안 붙들리고 만다.

그래서 처음 글쓰기 수업을 진행해달라는 이야기를 들었을 때, 나는 말도 안 된다며 손사래를 쳤다. 배운 게 없으니 가르칠 것도 없다고 믿었다. 그런데 수강생이 성매

매 피해 여성들이라고 했다. 그들에게 언어를 되찾아달라는 부탁이었다. 지금 그들에게 필요한 것은 단정하고 말끔한 언어가 아니라, 언어를 되새길 수 있는 마음이니 나에게 그 마음을 열 수 있도록 도와달라고 했다.

할 수 있을까 두려웠지만, 할 수도 있지 않을까 싶기도 했다. 최소한 나는 그들 앞에 주어니 서술어니, 은유니 비유니 하는 국어 선생이 될 수는 없을 테니, 오히려 가능하지 않을까? 두려움은 생각보다 쉽게 뒤집혔다.

첫날 첫 수업에 나는 아무것도 들고 가지 않았다. 수강생에게 내 이야기부터 했다. 그리곤 지금까지 내가 한 수다가 바로 우리가 써 내려갈 글과 다르지 않다고 했다. 여러분의 이야기를 들려달라고 했다. 글자가 틀려도 상관없고 문장이 틀어져도 괜찮다고 했다. 마음에 얹힌 것들을 마음껏 쏟아내달라고 했다. 두려워하지 말고, 흘러나오는 모든 것을 풀어놓고, 같이 울어보자고.

열 달 남짓한 수업 동안 우리는 서로가 적어 온 글을 같이 읽다가 여러 번 울었다. 모두 눈이 시뻘게진 채 울지 말라고, 글 속 주인공에게 괜찮다고, 살아남느라 애썼다고, 위로하고 응원했다.

그해 열 명 안팎이었던 수강생의 글들은, 한 권의 책으로 묶였다. 내가 보탠 글은 거의 없었다. 오롯이 그분들의 글이었고, 그들만의 성취였다. 책 한 권으로 묶인, 쏟아진 마음들을 끌어안으며 그들에게 어떤 감정이 북받쳤을지 알 것 같았다. 자신의 생을 난도질하던 시간들이 그토록 아름다운 감격으로 되돌아오는 게 어떤 건지.

나는 아직도 내가 문학이라는 돌 하나로 무얼 할 수 있을지 잘 모른다. 돈도 안 되는 걸 왜 그리 오래 붙잡고 있냐고, 어서 내다 버리라고 비아냥거리는 사람도 있지만, 이번 생은 그 돌을 계속 만지작거리며 살게 될 것 같다. 돈이 안 되고 걸작을 남기진 못하더라도, 울고 싶은 이들의 쪼그린 발 아래 집어 던질 수 있는 돌 하나는 될 수 있지 않을까? 그 정도면 충분할 것 같다. 김비

일상을 그림으로 담다

만화예술학과에 진학했다. 하지만 이내 우울증이 대학 생활을 발목 잡았고, 제대로 다니지도 못한 채 휴학과 복학을 되풀이했다. 처음에는 잘해보려는 마음으로 그림도 열심히 그리고, 학교에도 열심히 다녔다. 하지만 언제나 그렇듯 그 열심은 오래가지 못했고 결국 학교를 가지 않고 자취방에 혼자 누워 있는 시간이 많아졌다.

제대 후 복학을 하면서 친구들과 함께 자취를 했다. 학교가 가기 싫어도 억지로 등교하지 않을까 싶어서였다. 그리고 바쁘게 지내면 무기력하게 늘어지는 것을 막을 수 있지 않을까 하는 마음으로 학기 중에 치킨집 아르바이트도 했다. 그러나 같이 생활하는 친구들도, 아르바이트도 나의 우울증을 막지는 못했다. 결국 스물여덟이 되던 해 학교를 떠나 어머니 집으로 왔다.

학교 생활도 그림도 열심히 하지 못했고 열등감 때문

에 동기나 선배와도 잘 지내지 못한 시간이었다. 그래서 사람들에게 대학에서 만화를 전공한 사실을 이야기하지 않았고, 특히 어머니 집으로 내려온 후론 그림과 담을 쌓고 살았다. 특별한 기술이 없었던 나는 공장에 다니며 개인 상담을 받기 시작했다.

그림과 전혀 상관없이 살다가 다시 그림을 그려본 것은 짝지를 만나고 나서였다. 연애 초기에 그녀의 용인 집에서 우연히 짝지를 그린 적이 있었다. 그림을 그리면 자기의 실력과 상관없이 그려질 때가 가끔 있는데, 마침 그때의 그림이 그렇게 잘 그려진 순간이었다. 짝지가 침대에 기대어 책을 보던 모습을 그렸는데, 짝지는 그 그림을 보고는 화들짝 놀라며 정말 좋아했다. 빡빡머리에 큰 덩치의 내가 그림 그리는 사람으로 보이진 않았나 보다. 짝지는 연신 감탄하며 나의 그림에 큰 관심을 보였다.

그 이후로 그녀는 만날 때마다 자신의 다이어리를 내게 쥐여주며 자꾸 그림을 그려달라 했다. 연애 초기 잘 보이고 싶은 마음이었던지 그리기 싫을 때도 매번 억지로 그림을 그려주었다. 잘 그리지도 않고 그림을 즐기지도 않았지만, 짝지는 무엇을 그리든 관심을 보이며 좋아해줬고 자꾸 그려보라고 칭찬해주었다.

그림을 시작하는 사람에게 누군가의 관심과 칭찬은 큰 동기부여가 된다. 처음에는 말도 안 되는 소리라며 그녀의 칭찬에 번번이 손사래를 쳤지만, 그 칭찬을 1, 2년 계속 듣다 보니, '그려볼까'라는 생각을 하게 되었다.

나의 그림은 특별한 것이 없다. 작은 노트에 펜이나 색연필, 수채화로 간단하게 일상의 풍경을 그린다. 소재를 찾기 위해 일상을 다시 한번 살펴보고, 나와 연관된 우리 생활이 그림으로 드러나도록 한다. 공장에서 일할 때는 일터가 중요한 소재가 되었고, 자주 보러가는 소라의 아이 하진이의 성장기도 그림으로 남기고 있다. 취미로 그린 작은 그림들은 늘 SNS에 올렸다.

그 덕분에 당시 〈한겨레〉 토요판에 격주로 그림과 글을 연재하던 김미경 선생님과도 페이스북 친구가 되었다. 김미경 선생님이 연재를 그만두실 즈음 그다음 주자로 자신이 알던 두 사람을 추천했는데 그중 한 사람이 나였다고 한다. 덕분에 나는 〈한겨레〉에서 6개월간 그림과 글을 연재하게 되었다.

매체의 영향력이 커서였을까? 출판사 여러 곳에서 연락을 받았고, 그중에 한 출판사와 계약을 해서 두 권의 책을 출판하게 되었다.

짝지의 작은 말에서부터 시작한 나의 그림이 여기까지 오게 되니 신기하고 놀랍다. 물론 이 기회들이 결실을 맺는 데는 모두 짝지가 있었기에 가능했다는 걸 알고 있다. 아마 나 혼자였으면 출판의 기회가 그렇게 계속 이어지지 못했을 텐데, 소설을 쓰는 짝지와 공동 작업을 할 수 있었기에 여러 기획이 가능하지 않았나 생각이 든다.

박조건형

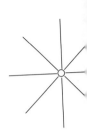

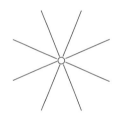

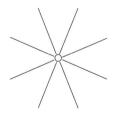

나의 작업실은
동네 카페

집에서 규칙적으로 글 작업을 하는 짝지와 달리 나는 집에 있으면 잘 늘어진다. 쉽게 무기력해지고 우울해지는 성향이라 집에 있기보다는 바깥으로 나간다. 가방에는 그림 그릴 때 필요한 도구들을 챙겨 넣고 그림을 그리지 않을 때 읽을 책까지 욱여넣고 간다. 언제나 가방은 무겁지만 특별히 하는 것 없이 돌아올 때도 있다.

카페이음은 양산 덕계종합상설시장에 있는 마을 협동조합으로 운영되는 카페이다. 이곳을 가장 많이 가는 이유는 집에서 차로 20분 거리이고 커피 가격도 아주 저렴하기 때문이다.(2500원!) 덕계에는 대안학교가 있고, 생태적 삶을 고민하는 사람들이 모여서 일군 마을이 있다. 카페이음은 마을 사람들의 사랑방 역할을 한다. 아이들을 위한 다양한 프로그램도 있고, 강연이나 마을 장터가 열리기도 한다. 손님들은 서로를 알고 아이들은 같이 어울려 놀러 다닌다. 카페에서 내가 앉는 자리는 충전용 콘센트가 있는 구석으로 항상 고정적이다. 매번 거기 앉다 보니 내가 카페에 들어오면 그 자리에 앉아 있던 분들이 비켜주시기도 한다. 대단한 그림을 그리는 것도 아니고,

가장 싼 커피를 시켜놓고 서너 시간, 길면 여덟 시간 정도 그림을 그리거나 책을 읽는 나에게 카페이음 사무국장님과 손님들은 눈총 주지 않고 늘 "작가님, 작가님" 하고 불러주시며 맛있는 음식도 나눠 주신다. 무엇보다 자주 작업하러 오라고 하신다. 내가 여기 생태교육 공동체에서 하는 일도 맡은 역할도 없는데, 왜 이리 늘 챙겨주시는지 감사하면서도 죄송하다.

그림을 그리며 오래 앉아 있다 보면 여러 사람들을 만난다. 시장에서 장을 본 어르신들이 커피 한잔 마시며 수다를 떨기도 하고, 학부모끼리 모여 교육 문제에 대해 고민하기도 하며, 전업주부끼리 모여 육아와 살림의 어려움을 토로하며 위로하기도 한다. 마을에서 일어나는 다양한 이야기를 듣다 보니 마치 나도 이 마을의 주민 같은 느낌이 들어 카페 조합원으로 가입하여 매달 후원금을 내기로 했다.

시장 옆에 카페가 있으니 점심이나 저녁을 저렴하게 챙겨 먹기 좋다. 내 가방을 자리에 둔 채 식사하고 오겠다고 말씀드린다. 카페에서는 내게 밥을 먹고 와서 계속 작업을 해도 괜찮다고 해주신다. 때론 바리스타분들이랑 같이 밥을 먹기도 한다. 가끔 집에서 작업을 할 때도 있지만, 대부분 단골 카페들을 순회하며 그림을 그리다 보니 음료 비용이나 식사 비용이 꽤 드는 편인데, 카페이음은 나처럼 가난한 그림쟁이에게 너무나 반갑고 고마운 공간이다. 찾아가는 카페가 양산에 세 군데 정도, 부산에도 세 군데 정도 있다. 생각해보니 나는 작업실이 여러 개 있는 사람이었구나 싶다. 박조건형

얼떨결에 나온
우리의 첫 책

별것도 아닌데 예뻤다

신랑과 같이 책을 내는 일은 한 번도 상상해본 적이 없었다. 책을 쓰는 일의 고단함을 누구보다 잘 알기에도 그랬고 공동 저자로 작업을 하면서 벌어지게 될 일들 역시 잘 알고 있었기 때문이다. 게다가 같이 사는 사람과 함께라니…… 모르긴 몰라도 가족에게 운전을 가르치는 것과 비슷하지 않을까? 자판 앞에서 얼굴을 붉히게 될 것이며, 서로를 등지고 앉아 모니터만 노려보게 되는 날들이 끝없이 이어질 테니.

신랑에게 출간 의뢰가 들어왔을 때, 나는 그저 우기 상태인 저 양반이 제대로 글을 쓸 수 있을까 하는 의구심이 먼저였다. 그러면서도 그림이 중심인 책이기도 했고 그림이라면 최소한 어렵지 않게 뚝딱 그려내는 사람이니, 책 한 권은 만들 수 있겠지 싶었다.

그러나 계약을 하고 난 다음 날, 신랑은 그림들을 단락

별로 나눠놓았을 뿐 꼼짝도 하지 않았다. 무기력이나 우울증에 관해서는 잔소리를 하지 않겠다는 다짐을 한 터여서 나는 한마디도 하지 않았다. 결국 신랑은 거의 한 달 동안 책 작업을 조금도 하지 못했다. 설 명절, 신랑 방에 문을 열고 들어서니 그는 대뜸 책을 만들지 않기로 했다고 말했다. 이게 무슨 소린가 싶어 얼이 빠져 있는데, 신랑은 편집부장님께 계약 파기 문자를 보냈다고 했다. 도저히 책을 만들 수 없을 것 같다고.

나는 버럭 소리를 지르며, 어떻게 나하고 단 한 마디도 상의 없이 그런 결정을 내릴 수 있느냐고 화를 냈다. 그 순간 그를 지켜보기로만 했던 내 다짐이 산산조각 나고 말았다. 나는 그의 휴대전화를 빼앗아 그가 보낸 계약 파기 문자를 확인했다. 그리고 곧장 편집부장님께 문자를 보냈다. 먼저 내 소개를 하고, 도움이 될지는 모르겠지만 나 역시 애를 써볼 테니 계약 파기 문자는 없던 일로 해주시라 부탁했다.

하필 그날은 멀리 충청도에 있는 지인의 집에 같이 가

기로 한 날이어서, 나는 기분을 바꿔보려고 무던히도 애를 썼다. 화낸 일을 곱씹고 또 곱씹어 며칠을 망치는 바보 짓은 절대 하고 싶지 않았다. 그래서 일부러 웃기는 짓도 하고 허튼소리도 하면서 기분을 끌어 올리려고 애를 썼다. 물론 신랑은 내가 그러거나 말거나 말없이 운전만 했고, 결국 1박을 하고 돌아오기로 한 약속도 못 지킨 채 집으로 돌아와야 했다.

이어질 일들이 어긋나고, 어긋날 일들이 다시 이어지면서 결국 책이 나왔다. 조금 변한 게 있다면 이 책의 저자가 그와 나라는 것이었다. 나는 우리의 첫 책이 된 《별 것도 아닌데 예뻐서》가 나의 책이 아니라 박조건형의 책이라고만 생각했다. 책이 나오고 다시 또 그다음 책을, 또 다른 책을 신랑과 같이 계약하면서, 이게 뭔 일인가 싶었다. 혼자서는 그토록 힘들었던 계약인데, 어쩌면 신랑의 그날 계약 파기 문자 덕분에(?) 이렇게 멋진 책들을 다시 만들 수 있는 기회가 나에게 온 게 아닐까. 게다가 신랑의 이름과 나란히.

신랑이 이 책을 스스로 팔아보겠다고 서울 순회 북토크를 기획해 진행했을 때,《별것도 아닌데 예뻐서》를 출간하기 위해 계약서를 들고 양산까지 오셨던 편집 부장님께서 참석한 적이 있었다. 부장님은 우울증 상태였던 신랑에게서 계약 파기 문자를 받았던 때의 난감함을 고백하며 그때 받았던 신랑의 문자를 독자 앞에 큰 소리로 읽어주었다. 그 문자가 얼마나 부끄러웠는지, 신랑은 얼굴이 벌게져 어쩔 줄 몰라 했다. 그런데 뒤이어 부장님은 또 다른 문자 하나를 읽어주셨다. 그건 바로 내가 보냈던 계약 파기 취소 문자메시지! 부장님이 그 메시지까지 읽으실 줄 몰랐는데, 이번에는 나까지 얼굴이 벌게져 온몸을 들썩였다.

까맣게 잊고 있던 그 메시지를 듣고 있는데, 기분이 묘했다. 그때 어떻게든 신랑을 일으켜 세우고 싶었던 내 마음이 슬그머니 떠올랐다. 그 메시지를 적은 나마저 잊고 있었던 그때 그 마음이, 부장님의 휴대전화 속에서 고스란히 살아났다.

희망이나 절망은 섣불리 규정하지 말아야 하는 단어일까? 우리가 믿고 있는 순리의 얼굴은 한 가지 표정만 가진 건 아닌 걸까? 나는 그 순간 신랑에게 내질러버렸던 내 화에, 그즈음 최악으로 치달았던 신랑의 우울증에 모종의 감사를 전했다. 별것 아닌 시간들이 켜켜이 쌓여 전혀 예상할 수 없던 삶으로 이끌었던 그 마법을 신기해하며 말이다.

부장님이 읽어주시는 메시지를 듣고서, 그 자리에 있던 독자들은 탄성을 질렀고, 손뼉을 쳤다. 어긋났다고 믿었던 일들이 어떤 시간들을 통해 다시 이어지고 그로 인해 탄생한 모든 것들을, 그 자리에 있던 사람들이 함께 축하하고 있었다. 김비

셀프 홍보

〈한겨레〉에 6개월 연재한 것이 고작인 작가에게 왜 계약을 하자고 한 것일까? 게다가 우울증까지 있는 작가인데……. 그런 우려와 고민에도 불구하고 책이 너무나 예쁘고 신경 써서 만들어졌음을 느낄 수 있었다.

우리 부부는 매일매일 인터넷 서점에서 책 제목을 검색해 판매 지수를 확인했고, 포털사이트에서 책 제목을 검색해 새로운 리뷰를 발견하면 바로 공유하곤 했다. 우리 부부가 유명한 사람이 아니다 보니 초기에만 반응이 있었을 뿐 그 뒤론 잠잠했다. 이렇게 멋진 책을 만들어주셨는데……. 게다가 두 번째 책도 계약했는데……. 무언가 보답을 하고 싶었다.

평소 내가 좋아하는 카페나 책방에 먼저 북토크를 제안하기도 하고, 반대로 동네 작가님이 책을 냈다면서 우리 부부에게 행사 제안을 해주시기도 했다. 양산의 카페

소소서원과 오봉쌀롱, 부산의 독립책방 카프카의밤과 북살롱부산, 그리고 카페 아가미. 이곳들은 소규모라 하더라도 자체 커뮤니티가 있어 각각 모객을 해주셨고, 나도 지인이나 내 수업을 들었던 제자들에게 문자를 보냈다. 인원이 적은 곳은 속닥속닥 수다 떨듯 깊은 이야기를 나누었고 인원이 많은 곳은 많은 대로 사람들의 큰 관심과 응원을 받았다.

첫 북토크를 하기 전에는 조금 걱정이 되었다. 한 시간 반이 넘는 동안 긴장하지 않고 버벅거리지 않을 수 있을까. 휴대전화에 이야기할 것들을 정리해두고 내가 그림을 어떻게 시작하게 되었는지부터 말을 꺼냈다. 공동 저자인 데다 두 사람이 부부인 점은 이야기 중간중간 부담 없이 상대방에게 마이크를 넘길 수 있다는 장점이 있었다. 상대가 이야기할 동안 내가 할 이야기들을 생각하기도 하고 목을 축이기도 하며 상대의 이야기 속에서 말을 잇기도 했다. 첫 북토크에선 긴장을 했지만, 하면 할수록 두 사람이 만담을 나누는 것처럼 관객도 좋아하고 재미있어 했다.

양산에서 부산으로, 부산에서 경남으로 그나마 가까운 곳에서 한 달에 한두 개씩 북토크를 하다 보니, 서울에서 해도 되겠다는 자신감이 생겼다. 서울 책방 중에서 자주 북토크를 하는 곳을 찾아보았다. 우리 부부를 소개하며 출간한 책을 안내하고, 북토크를 할 수 있는지 의사를 물었다. 어렵다고 답을 주신 곳도 있고, 흔쾌히 반겨주신 곳도 있고, 아무 응답이 없는 책방도 있었다.

서울에서 할 북토크가 어느 정도 정해지고, 홍보에 박차를 가하고 있을 때쯤 페이스북을 통해 짝지의 첫 책인 《못생긴 트랜스젠더 김비 이야기》 편집자 분과 우연히 연락이 닿았다. 그분이 강연차 부산에 내려오셨을 때 만나기도 했다. 20여 년 만의 만남이었다. 마침 그녀는 북카페의 관리자였고 우리를 위해 기꺼이 북토크 자리를 마련해주었다. 서울 북토크 중에서 제일 많은 모객을 해주셨고 그 자리에서 나의 독립출판물 《손그림, 일그림, 삶그림, 계속그림》 편집자 분을 만나기도 했다.

격월간 잡지 〈오늘의 교육〉을 발행하는 교육공동체 벗

은 몇 년 전 370권에 달하는, 조합원의 책을 만드는 기획을 진행했다. 당시 조합원이었던 나도 독립출판물을 내게 된 것이다. 너무 오랜만에 뵙는 편집자분이라 먼저 아는 척을 해주셔도 기억이 안 났는데, 북토크 중에 생각이 났고 행사가 끝나고 이야기를 나누었다. 부산에서 지내다가 홍성으로 이사간 친구도 몇 년 만에 만나서 그동안의 근황을 나누기도 했다. 6일 연달아 북토크를 하는 것이 힘들 줄 몰랐는데, 다음에는 날짜를 띄엄띄엄 잡아야겠다고 생각했다. 그래도 흐뭇한 피곤함이었다. 박조건형

우리의
두 번째 책

우리의 책을 받던 날

신랑과 함께 작업한 두 번째 책 《길을 잃어 여행 갑니다》가 출간됐다. 첫 번째 책은 나에게 예정되지 않았던 일이라 책을 받았을 때 감동보다는 얼떨떨한 마음이 먼저 들었다.

그런데 두 번째 책은 둘이 공동집필로 계약된 첫 책이며, 게다가 여행을 하며 고생했던 날들의 기록이라 더욱 특별했다. 사랑하는 사람과 함께 엮는 책이라니, 사람들은 낭만적이라거나 두 사람의 삶에 근사한 추억이 되지 않겠냐고 부러워했다. 하지만 나는 책을 쓸 때에는 그저 공동 저자이자 동료로서 그를 바라보려고 했다.

지금도 나는 여전히 더 나은 글을 위해 공부하는 중이다. 그래서 나는 솔직히 신랑의 그림 곁에 슬쩍 기대 있다는 느낌이기도 하다. 매끄럽지 않고 투박한 그의 그림 옆에 역시나 더듬거리는 말을 보태며 어우러지는 하나로.

책은 한낮에 도착했고, 신랑이 올 때까지 나는 상자를 열지 않고 기다렸다. 현관 앞에 무뚝뚝하게 놓인 상자를 영상과 사진으로 담았다. 괜히 혼자 얼굴이 발그레해져 설레기도 하면서 그를 기다렸다. 마침내 잠금장치가 열리는 소리가 들리고, 현관문을 열고서 상자의 뒷모습을 본 신랑은 머쓱하게 웃었다.

감격적인 말 한마디를 기대하는 내 카메라를 보며 그는 뭐 이런 걸 찍느냐고 타박했고, 먼지 쌓인 선반 구석에서 가위를 꺼내와 상자를 감싼 노끈을 뚝뚝 끊었다. 얼마나 아무렇게나 굴렸는지 너덜거리는 박스 테이프를 직직 긁어 끊었다.

구겨진 상자 안에서 마침내 그와 나의 두 번째 책이 몸을 드러냈다. 고급스럽고 탄탄한 책의 몸체에 나는 탄성을 질렀는데, 신랑은 책 한 권을 들어 휘리릭 펼쳐보고는 기어이 한마디를 던진다.

"좋네요."

근사하고 감격적인 표현을 다그치듯 기다리며 카메라를 더 가까이 들이대는 나를 향해, 그는 억지로 두 손을 들어 올려 힘없는 손뼉을 겨우 세 번, 짝짝짝 치곤 방으로 들어가버린다.

언젠가는 자신의 책 앞에 환호하는 그를 만날 수 있을까? 책을 머리맡에 내어놓고 며칠씩이나 쓰다듬고 끌어안고 그것에 얼굴을 부비는 그의 모습을 보게 될까? 괜히나 혼자 가슴 설레고 두근거리고 얼굴 빨개졌던, 우리의 책을 받던 날. 김비

두 권의 책이 나왔지만

집에 들어서는데, 짝지는 내가 올 시간에 맞춰 휴대전화 동영상을 켜고 "꺄!" 하고 환호성을 질러댔다. 같이 개봉 동영상(언박싱 동영상)을 찍으려던 것 같은데 나는 짝지의 기대와는 달리 심드렁하게 반응해버렸다. 짝지의 기대를 저버렸지만 그게 내 솔직한 마음이었다. 우리 이름으로 두 권의 책이 나왔지만 나는 실감이 잘 나지 않는다.

우울증이 없는 나라면 아마 내 작업 결과물에 대해서 자신도 있고 뿌듯함도 있을 텐데, 우기를 계속 오가는 내게 이 책은 내 것이 아닌 듯 낯설었다.

나는 아주 불안한 사람인데 매우 훌륭한 공저자 덕분에 운 좋게 책이 나왔다고 생각할 뿐이다. 다음 책들도 계약이 되어 있지만, 기간에 맞춰 괜찮은 결과물을 만들 수 있을지 자신이 없다. 책 작업을 하는 동안 우기는 아닐지, 작업은 제대로 하게 될지 장담할 수가 없어 걱정만 쌓인

다. 그래도 좋은 공저자에게 기대어 남은 책들을 어떻게
라도 완성하도록 노력해야겠다. 박조건형

감격하는
그녀가
신기해

감격하는 시간

북토크에서 한 독자분이 눈에 보이는 모든 것들에 '감격하는' 내 글이 정말 특별하게 느껴졌다고 말했다. 옆자리에 앉아 있던 신랑도 거들었다. 이 사람은 여행지에서뿐만 아니라 뭐가 그렇게 늘 좋은지, 매번 오버해서 좋다고, 정말 좋다고, 감격하는 게 일상이라고 덧붙였다.

그때는 소설을 쓰면서 그리고 이 사람을 만나면서 모든 것에 감격하게 되었다고 간단히 대답했지만, 지금은 감격에 관해 말하기 위해 아무것도 보지 못하는 삶을 살아야 했던 내 지난 시절을 말해야 할 것 같다.

나와 달랐던 사람들 속에서 나의 이름은 그 어디에도 없었다. 그 세계에서 나는 그들과의 격차를 줄이기 위해 무던히도 안간힘을 썼다. 세상에 존재하는 이름 하나를 부여잡기 위해 열심히도 버둥거렸다. 어차피 내 것이 아니었던 이름들을 놓치고, 차라리 이름 없는 나를 그냥 지

나치면 좋으련만……. 세상은 끊임없이 나에게 질문을 하고, 대답을 요구하고, 증명하라고 강요했다. 사회 속 모든 약자가 그러하듯, 나는 제대로 답하지 못하는 내게 문제가 있는 거라 믿고 말았고, 자연스레 고개조차 들지 못하는 사람이 되었다.

신랑을 만난 일은 정말 엄청난 기적이었다. 수술을 하고 호적까지 바꾸면서 나는 충분히 자유로워졌다. 그리고 소설가라는 이름도 얻게 되면서, 나는 나에게 주어진 최대치의 기적을 얻었다고 믿었다. 그런데 그는 내게 이 세상이 컬러풀할 뿐만 아니라, 눈부시게 빛날 수도 있다는 걸 알게 해주었다. 발버둥을 치지 않아도 사랑을 얻고 축복을 받는 사람들은 쉽게 알 수 없는 마음이었다. 나는 누군가에게 온전히 사랑받을 수 있는 삶이 나를 얼마나 눈부시고 빛나게 만드는지 그제야 깨우쳤다.

이 사랑을 잃지 말아야지. 나에게도 이렇게 온전한 사랑이 있었다는 사실을 결코 잊지 말아야지. 나는 이렇게 다짐했다. 그의 사랑이 진심이라는 걸 깨달으면 깨달을 수록 나는 내 모든 걸 다해 그 사람을, 그 순간을 사랑할 수 있었다. 혼자가 아닌 우리라는 세계가 주는 감격을 내 모든 삶 곳곳에 남겨두어야 했다.

11년이 지난 지금, 감사하게도 내 사랑의 기적은 여전히 온전한 모습으로 내 곁에 남아 있다. 세월을 지나며 우리는 그때보다 늙어갔지만, 손으로 만질 수 있을 만큼 가까운 곳에 서서 서로를 향해 사랑한다고 이야기한다.

매 순간 감사하고, 매 순간 사랑하라. 조금은 뻔하게 들리겠지만 이 말은 나의 삶을 뒤바꾼 기적이 되어 내 안에 선명하게 새겨져 있다. 여기까지 나를 밀어 올려준 모든 것에 감격하지 않는 건 나로서는 오히려 있을 수 없는 일이다. 여전히 나와 이 세상과의 거리감으로 부대낄 때도 있지만, 나는 충분히 아름다운 기적을 누리며 살고 있으니, 모든 순간이, 모든 시간이 감격일 수밖에. 김비

건형아, 조금만 함께 움직여볼까?

지금의 나는 방 안에 누워 있는 열다섯 살 건형이의 방 문을 똑똑 두드리고 들어가도 되냐고 묻는다. 별 반응이 없어서 다시 두드리니 작은 목소리로 "네"라고 답한다. 문을 열고 들어가니 누워 있던 건형이가 긴 쿠션에 기대 앉는다. "하고 싶은 게 없냐"라고 물으니 작은 목소리로 그냥 이렇게 누워만 있고 싶다고 한다. 그렇다고 그렇게 누워만 있는 게 마냥 즐겁고 행복한 것도 아니라고 한다. 그저 만나고 싶은 사람도 없고, 하고 싶은 것도 없어 이 렇게 누워 있고 싶을 뿐이라고. 지금의 나는 안타깝다. 이 아이의 마음을 어떻게 움직여야 할까. 지금처럼 다음번 에도 계속 이렇게 이야기를 나눠도 될지 물어보니 한참 있다가 마지못해 어린 건형이는 고개를 끄덕인다.

그런 어린 건형이가 요즘의 내 모습이다. 사람들은 다 들 각자의 삶을 살아가는 것 같은데, 요즘의 나는 모든 것 에 흥미가 없다. 내가 나아질 거라는 희망이 있어야 무언가 노력을 하고 시도도 해볼 텐데, 그 시도들이 쉽게 허물어질 거라는 생각이 명확하니 아무것도 해볼 의욕이 나지 않는다. 그냥 이 모든 것이 끝나길 바랄 뿐이다.

우울증 약을 타러 짝지와 정신과에 다녀왔다. 의사 선생님은(우울증 약은 정신과에서 타고 상담은 개인 상담실에서 하고 있다) 몸을 움직여야 조금이라도 나아진다는 당연한 말씀을 하시지만, 마음에 와닿지는 않는다. 내 안의 절망감을 선생님은 얼마나 공감하실까 싶어 다른 말을 하지 않고 선생님의 질문에 "예, 예" 대답만 한다.

짝지는 사소한 것에도 잘 감격한다. 나는 무기력한 상태에 빠지면 계절이 바뀌는 자연의 변화와 아름다움도 아무런 감흥이 없다. 그냥 심드렁할 뿐이다. 흥미 있는 게 없고, 하고 싶은 것도 없다. 모든 것이 무의미한 것만큼 괴로운 것도 없다. 그래서 짝지가 많이 부럽다. 짝지 옆에 있으면 조금은 닮아가려나. 박조건형

책 한 권의
세계

베짱이도서관은 경기도 퇴촌 천진암계곡으로 향하는 입구의 어느 음식점 별채에 자리한 마을도서관이다. 우리 부부의 첫 책《별것도 아닌데 예뻐서》의 북토크를 진행했던 공간인데, 두 번째 책을 내고서 다시 한번 그곳을 찾았다. 지난번에는 싱그러운 초록빛 길을 한참 따라 올라가야 했고, 이번에는 노랑과 빨강이 뒤엉킨 단풍 길을 따라 올라갔다. 계절은 바뀌었지만 같은 공간에서 하는 행사라 첫 책의 독자분들을 다시 만나게 되리라 생각했는데, 대부분 처음 뵙는 분들이었다.

서로 모르는 사람이 모여드는 도시. 서점 북토크와는 달리, 마을도서관에서의 북토크는 마을 주민의 행사였다. 지난 북토크 때도 아이들과 함께 가족 단위로 참석한 주민들이 많았는데 덕분에 작은 공간이 내내 떠들썩했다. 이번에는 아이들이 많지 않아 그때보다는 조용했는데, 우리의 책이 여행기다 보니 주민들 사이에 여행을 소재로 한 이야기가 아주 자유롭게 오갔다.

북토크가 끝나고 도서관 한쪽에서 도서관 빵집 랄라브

레드를 운영하는 경화 씨가 빵을 구워 냈다. 오늘 처음 만들어보았다는 시나몬롤은 감칠맛이 있었고, 조금 모자란 시나몬잼 덕분에 빵의 고소함이 입 안에 맴돌았다. 우리 모두는 작은 나무 테이블에 자리를 잡고 앉아 빵을 먹으며, 여행을 말하고, 사랑을 말하고, 사람을 말했다.

그중 한 분이 아이들까지 다 키우고 이제야 비로소 신랑을 사랑하게 되었다고 고백하듯 말했는데, 순간 나도 모르게 탄성을 지르고 말았다. 처음에는 떠밀리듯 결혼했던 것 같은데, 조금씩 그 사람을 알게 되고, 달라지는 모습을 지켜보며 지금에서야 진심으로 그를 사랑하고 있구나, 깨닫게 되더라고. 표현을 해야 하는데 그것만은 아직 잘 안 된다며, 그녀는 쑥스럽게 웃었다.

대금을 부는 게 취미인 한 주민분은 직장 상사가 자꾸 대금을 부르라고 시켜 요즘은 짜증이 난다고 이야기했고, 여행사에서 일했다던 주민분이 우프WWOOF*에 관해 열심히 설명하시다가 책에 사인을 받고 가셨다. 우리의 첫 북토크에서 멋진 공연을 해주셨던 동양화 작가님은 자신의 작은 작업실을 소개해주었다. 경화 씨는 감기에 걸린 우리 신랑을 걱정하며 우엉차 꾸러미와 밤잼 한 병을 종이봉투에 담아 건넸고, 도서관 관장님인 소영 씨는 눈 쌓인 도서관을 꼭 보러 오라고 하며 우리 두 사람을 꼭 끌어안아주었다.

한 권의 책이지만, 그 한 권을 둘러싼 서로 다른 세계를 만날 때마다 온 마음이 저릿저릿해진다. 그 세계를 지키기 위해, 서로를 지키기 위해, 손짓하고 불러주고 응답하는 마음들은 다시 또 다른 형태와 이름의 작품이 되어 우리 삶에 한 줄의 기억이 된다. 그리고 이렇게 또다시 책 한 권이 된다. 김비

* World Wide Opportunities on Organic Farms. 1971년 영국에서 시작되었으며 친환경 농가 등의 장소에서 하루 반나절 일손을 돕고 숙식을 제공받는 글로벌 네트워크 활동.

작가의 말

사랑의 기억은 이상하리만치 힘이 없다. 전 생애를 담보할 수 있을 만큼 인간을 가장 무모하고 용기 있게 만드는 게 사랑이라면 분명 달라야 할 텐데, 시간은 그토록 당당하고 강철 같았던 그때 그 사람을, 그리고 그들의 사랑을 너무도 쉽게 굴복시킨다.

그렇다면 언젠가 반드시 지루해지고 말 사랑을 위해, 우리는 그토록 모든 것을 걸고 천진난만하게 맹세했던 걸까? 사랑하지, 사랑은 하는데, 사랑인가 싶으면, 이게 또 사랑의 전부일 리 없는 것 같고, 뭐 이런 것도 사랑인가 싶으면서도, 이게 사랑이 아니면 도대체 뭐가 사랑인가 발끈하다가, 결국 '영원히 사랑한다'고 맹세해버리는 것이 요즘 우리의 사랑. 정말 그렇게 사랑의 의미를 부정하는 게 바로 당신이냐고 추궁당하면, 또 나는 아니라고 손사래를 치게 되는 일이, 결국 사랑 혹은 사랑 이후의 모습이지 않을까.

그래도 사랑이 없는 건 아니다. 우리가 했던 그 모든 것들이 사랑이 아닐 리 없다. 자꾸 이름 붙이고, 조건이 달리고, 증명을 강요당하면서 사랑이 훼손되었을 뿐이지. 사랑은 복숭아뼈와 뒤꿈치 사이 어딘가에서 물끄러미 우리를 올려다보고 있다. 사랑만 생각하면 되는데, 어디서 주워들은 것들을 끌고 와 귀하게 지켜야 할 내 사랑에 덧대어 스스로 엉망으로 만들고 만다. 그래 놓고 사랑 탓을 하고, 영원하지 않다고 하고, 그 맹세는 어디로 간 거냐 하고, 너도 나도 지리멸렬, 엉망진창.

그래도 사랑은 있다. 나 같은 사람에게도 있는 걸 보면, 당신에게는 더 많이, 더 근사한 사랑이 있었거나 있거나 있을 것이 틀림없다. 이 작은 한 권의 책이 적어도 피로한 날 베고 누워 사랑을 생각하는 데, 도움이 되기를 바란다. '사…랑… 사아랑?' 혼자 중얼거리고서, 빨개진 얼굴을 감추는 데 쓸모라도 있기를 바란다.

어지러운 원고들을 정리하고, 방향을 잡고, 다듬느라 애써주신 선재 편집자님, 준섭 팀장님께 고마움을 전한다. 별것 아닌 글들을 한 권의 책으로 묶어주신 한겨레출판의 모든 분들께도 감사를 전한다. 또한 다시 한번 책을 함께 엮게 된 내 짝지 건형 씨에게도 '우리 해냈다!'라는 포옹을 감사의 인사로 전하려 한다. 다시 10년짜리 사랑 계약을 갱신하고, 그때 다시 두 번째 10년의 사랑 이야기를 책으로 엮어보자는 제안과 함께.

사랑의 기억은 힘이 없지만,
사랑의 현재는 그 무엇보다 강하다. 김비

여기는 제주도 협재에 있는 어느 게스트하우스 2층이다. 어제 묵은 손님들은 다 빠져나가고, 사장님은 청소를 하고 계신다. 제주도에 대한 책 작업이 있어 장모님 댁에 내려와 한 달을 보내고, 나머지 마무리 작업에 집중하기 위해 게스트하우스에서 8일을 머물기로 했다.

솔직하게 말하면 작년 여름부터 지금까지 이어진 긴 우울증으로 이 에세이 작업을 성실히 하지 못한 것 같아 괜히 죄송스럽다. 뭔가 더 그럴싸하고 드라마틱하고 감동적인 글을 썼어야 했는데……. 이번에도 짝지의 글에 기댄 느낌이 크다.

이 책은 짝지와 함께 보낸 10년의 시간을 바탕으로 썼다. 글을 쓰다 보니 자연스레 내 10년간의 우울증에 대해 생각하게 됐다. 9년째까지는 우울증에 힘겨워하다가도 벗어나려 애를 써왔는데, 최근 1년은 이 우울증에 질질 끌려다닌 느낌이다. 그래서 그럴까? 남들은 부러워할 제주도 한 달 살기를 하고 있지만 지금은 아무런 감흥이 일지 않는다.

이번 책 작업이 끝나면 다시 직장을 찾아볼 생각이다. 우울증 상태가 너무 길게 이어지고 있어 그림을 그리고 싶은 마음도 사라져버렸다. 2년 반 동안 진행했던 드로잉 수업도 이젠 자신이 없다. 회사를 다시 다닌다는 게 쉬운 일은 아니겠지만, 몸을 쓰는 생활을 다시 하다 보면 잃어 버렸던 감각들을 하나씩 찾을 수 있지 않을까, 하는 아주 작은 희망을 가져본다.

글은 또 어떻게 쓰나 걱정했는데, 짝지 덕분에 이번 책 도 마무리할 수 있어 다행이다. 독자에게 우울증을 앓는 저자의 글이 어떻게 다가갈지 궁금하다. 박조건형

슬플 땐 둘이서 양산을
ⓒ 김비 박조건형 2020

초판 1쇄 인쇄 2020년 7월 16일
초판 1쇄 발행 2020년 7월 22일

지은이   김비 박조건형
펴낸이   이상훈
편집인   김수영
본부장   정진항
문학팀   정선재 김준섭 김수아
마케팅   천용호 조재성 박신영 조은별 노유리
경영지원   정혜진 이송이

펴낸곳   한겨레출판㈜ www.hanibook.co.kr
등록   2006년 1월 4일 제313-2006-00003호
주소   서울시 마포구 창전로 70(신수동) 화수목빌딩 5층
전화   02) 6383-1602~3
팩스   02) 6383-1610
대표메일   munhak@hanibook.co.kr

ISBN   979-11-6040-399-2 03810

이 도서의 국립중앙도서관 출판예정도서목록(CIP)은 서지정보유통지원시스템 홈페이지
(http://seoji.nl.go.kr)와 국가자료종합목록 구축시스템(http://kolis-net.nl.go.kr)에서
이용하실 수 있습니다. (CIP제어번호: CIP2020026974)